YANTRA

ISBN 978-3-901226-40-3

Printed by MIRAPRINT
D-82131 Gauting
www.Miraprint.de

Erste Auflage 2007

Daulat Panday

Indische Geschichten

Dieses Buch ist Mira Alfassa (Der Göttlichen Mutter vom Sri Aurobindo Ashram, Pondicherry) gewidmet - in demütiger Liebe und Dankbarkeit.

Inhalt

Die glückliche Schule

Es war einmal ein sehr alter Mann, der zwar sonst nicht sehr gelehrt war, aber eines besser wusste als viele von uns: nämlich dass Liebe wieder Liebe hervorbringt, und dass es nichts auf der Welt gibt, das so böse wäre, als dass es nicht durch Liebe und Verständnis gewandelt werden könnte. Und weil er von dieser Wahrheit so überzeugt war und danach lebte und handelte, wurde er überall sehr geschätzt, vor allem bei kleinen Kindern, die er von allen am meisten liebte und verstand.

Immer, wenn Eltern ein Kleines zu ihm brachten und es als schlimmes und böses Kind bezeichneten, das eine ordentliche Tracht Prügel verdienen würde, so schüttelte Opa Raman, wie er genannt wurde, nur den Kopf und lächelte. Er nahm dann das Kind zärtlich in seine Arme und kitzelte es so lange unter dem Kinn, bis er den finsteren Ausdruck auf dem Gesichtchen in ein Lächeln verwandelt hatte. Dann wandte er sich an die Eltern und sprach: „Meine Freunde, es gibt kein wirklich böses oder schlimmes Kind auf der Welt, und wenn es uns so erscheinen mag, dann nur, weil wir es nicht genug geliebt oder verstanden haben. Schickt dieses Kindchen zu mir in die Glückliche Schule, dann werdet ihr bald die Veränderung in ihm erkennen." Und die Eltern stimmten diesem Vorschlag immer unverzüglich zu, da sie genau wussten, dass er selbst das schwierigste Kind ändern konnte.

Die Glückliche Schule war nicht eine Schule im gewöhnlichen Sinn des Wortes. Erstens war sie nicht einmal in einem richtigen Gebäude untergebracht, sondern die Kinder versammelten sich im Schatten eines Pipalbaumes, um dem Unterricht zu lauschen. Die meisten von ihnen waren zu arm, um Hefte und Bleistifte zu besitzen, aber das machte gar nichts aus: jedes Kind wurde aufgefordert, ein wenig Sand aus dem Flussbett zu holen und vor sich auszustreuen. Dann lernte es mit der Hilfe eines Zweiges, die Buchstaben des Alphabets im Sand einzuzeichnen.

Geographie wurde unterrichtet, indem im Sand eine große Karte des Landes gezeichnet wurde und die Hügel und Berge aus noch mehr Sand gebaut wurden. Die Flüsse und Seen wurden aus wirklichem Wasser gemacht, und jeder hatte auf diese Weise großen Spaß beim Lernen und merkte sich alles viel leichter.

Geschichte war von allen das beste Unterrichtsfach, denn hier konnten die Kinder mitspielen wie in einem Theaterstück und Kriege führen, Länder erobern oder Verträge unterzeichnen, wodurch sie sich alles leicht merken konnten.

Was das Rechnen betraf, so war es nicht das langweilige und ermüdende Lehrfach, das den meisten Kinder so missfällt; es wurde ein lustiges Spiel daraus gemacht, in dem Opa Raman den Ladenbesitzer spielte, zu dem die Kinder kamen, um alle möglichen Dinge von ihm zu kaufen. So wurden Reis und Hülsenfrüchte, Obst und Gemüse erworben, nachdem der korrekte Betrag in Form von Muscheln und Steinen bezahlt worden war, wobei jede Muschel und jedes Steinchen selbstverständlich einen ganz bestimmten Wert hatte. Auf diese Weise lernten die Kinder Addieren und Subtrahieren und erkannten den Unterschied von Gewinn und Verlust.

Jeder Tag der Woche war in zwei Unterrichtseinheiten aufgeteilt, nicht mehr. Und der Sonntag war der Tag der Geschichten, den keines der Kinder versäumen wollte, weil Opa Raman ihnen all die schönen Erzählungen aus den zwei großen klassischen indischen Epen Ramayana und Mahabharata erzählte.

An den allgemeinen Feiertagen nahm der alte Mann die Kleinen mit zu einem Picknick in die umliegenden Wälder und nannte ihnen die Namen der verschiedenen Bäume und Vögel und lehrte sie etwas über die Heilkraft von bestimmten Pflanzen. Die Kinder waren dabei so glücklich, dass sie niemals der Schule fernbleiben wollten und kaum einmal untereinander stritten.

Einige Jahre später gingen viele von ihnen auf höhere Schulen in der Stadt, blickten aber immer mit Stolz und Dankbarkeit auf ihre ersten Unterrichtsstunden unter dem Pipalbaum zurück, wo sie die glücklichsten Tage ihres Lebens verbracht hatten.

Sie vergaßen niemals ihren geliebten Lehrer Opa Raman, selbst dann nicht, als er schon diese Welt verlassen hatte, und sie errichteten zu seiner Erinnerung ein kleines Denkmal unter dem Pipalbaum. Und sie besuchten dieses Ehrenmal im Laufe ihres Lebens sehr oft mit ihren Familien und Kindern und erzählten ihnen von dem, was sie an Liebe und Güte von diesem einfachen Mann gelernt hatten, dem sie alles verdankten, was in ihrem jetzigen Leben das Beste war.

Die Zeit des Flieders

Wie wunderbar ist die Zeit des Flieders! In Parks und Gärten, entlang der Landstraßen und Wege, in der Nähe von Feldern und Wäldern blühen die hübschen Fliederbüsche und bringen Freude und neue Hoffnung in jedes Herz. Die Kinder pflücken sich ganze Sträuße dieser Blüten - glückliche, lebhafte Kinder, die lachen und die ganze Zeit aus vollem Hals singen und in der frischen Luft herumtollen, die erfüllt ist von dem Duft des Flieders.

Es war gerade zu dieser Zeit, als die Fliederbäume in Blüte standen und das glückliche Lachen der Kinder überall ertönte, als Asha an Kinderlähmung erkrankte.

Asha war eine Waise, die von einer gütigen alten Frau adoptiert worden war, die selbst keine eigenen Kinder hatte, und ganz alleine in einem Bauernhaus am anderen Ende der Stadt lebte.

Die arme alte Frau arbeitete den ganzen Tag schwer, um ihr angenommenes Kind wieder gesund zu pflegen, und gab ihr gesamtes Geld für teure Medizin aus, es war jedoch alles vergeblich. Asha lag in ihrem Bett, die Arme und

Beine seltsam verdreht, und fühlte sich schrecklich unglücklich, nicht nur deshalb, weil sie nicht herumlaufen und spielen konnte wie die anderen Kinder, sondern weil sie glaubte, dass sie ihrer Pflegemutter eine schwere Bürde sein musste. So betete sie oft zu Gott, dass er sie in seiner Gnade zu sich nehmen möge.

Eines Tages brachte ihr die alte Frau jedoch einen großen Strauß süß duftenden Flieders und stellte ihn auf das Fensterbrett nahe dem Bett. „Schau, mein Liebes", sagte sie, „sind die Blumen nicht hübsch?" Und sie fügte hinzu: „Als ich ein kleines Mädchen war, pflegte mir meine Mutter zu erzählen, dass in diesen Blüten Elfen wohnen, die herauskommen und mit dir spielen, wenn du sie rufst. Ich habe ihr nicht geglaubt und die Elfen deshalb niemals gerufen. Aber du, mein kleiner Engel, wirst dich über ihre Gesellschaft freuen, und sie werden ganz sicher zu dir kommen. Also ruf sie nur."

Asha blickte auf die Blumen und fragte sich, ob sich wirklich einige Elfen darin verstecken mochten. Der süße Duft der Blüten überflutete den Raum, machte sie müde und bald war sie fest eingeschlafen und in ihren Träumen rief sie nach den Elfen.

Sie sah, dass die Blumen voll vom Mondlicht beschienen waren, und als sie darauf blickte, bemerkte sie, dass jede der Blüten von ihrem Stengel zu springen und auf ihr Bett zu klettern schien. Als sie alle beisammen waren, hielten sie eines ihrer Beine, das so steif war wie ein Spazierstock, und begannen, es von einer Seite zur anderen zu schwingen, während sie sangen: „Eins und zwei, du kannst es tun. Drei und vier, du darfst nicht ruh'n." Und dabei verspürte sie nicht den mindesten Schmerz im Bein, sondern es fühlte sich so leicht an, als wäre es selbst einer der Stengel der Fliederblüten.

Asha begann die Worte der Elfen zu wiederholen: „Eins und zwei, du kannst es tun. Drei und vier, du darfst nicht ruh'n."

Nun nahmen sie das andere Bein auf, und so wie es sich bewegte, hätte niemand geglaubt, dass sie jemals Kinderlähmung gehabt hatte!

Als die Elfen mit den Beinen fertig waren, machten sie dasselbe mit ihren Armen. Es war so lustig, dass es Asha zum Lachen brachte. Aber es war auch wunderbar. Und Asha war so glücklich, dass sie ihre Arme und Beine nach so langer Zeit wieder so bewegen konnte, dass sie nicht wusste, wie sie den Elfen danken sollte.

Als diese mit ihren Gliedmaßen fertig waren, begannen sie auf ihrem Körper Verstecken zu spielen und das kitzelte sie so sehr, dass sie vor Vergnügen lachte. Gerade in diesem Moment war jedoch irgendwo im Haus ein Geräusch zu hören, und die Blumenelfen rannten in großer Hast davon, wobei sie vor Eile übereinander stolperten, und sprangen schnell zurück auf ihre jeweiligen Plätze auf den Blütenstengeln. Asha erwachte und lachte herzlich über ihren lustigen Traum.

Die Türe öffnete sich und ihre Pflegemutter kam mit einer Laterne herein. „Hast du mich gerufen, mein Liebling?" fragte sie.

„Nein, Mama. Aber ich hatte einen so lustigen Traum, dass ich wohl laut gelacht habe." Und sie erzählte der alten Frau den ganzen Traum.

„Aber wenn du so leicht zu sprechen vermagst, kannst du dann auch deine Arme und Beine bewegen?" fragte diese.

Asha versuchte es und wirklich! Sie konnte ihre Arme und Beine mit Leichtigkeit bewegen! Die alte Frau umarmte sie mit Tränen in den

Augen und sprach: „Wunderbar sind die Wege des Herrn und seine Gnade ist grenzenlos. Und wunderbar, wunderbar ist die Zeit des Flieders!“

Tu-so-als-ob

Die kleine Mina lebte mit ihrem Bruder und ihren Schwestern in den Hügeln in einem Dorf namens Kulka, wo die Sonnenstrahlen zuerst auf die Ghats, die heiligen Badeplätze, fielen. Da sie das älteste der vier Kinder war, musste sie nicht nur auf ihre Geschwister aufpassen, sondern auch bei den Nachbarn aushelfen, um ein wenig Geld dazu zu verdienen.

Ihre Eltern waren den ganzen Tag im Wald, wo sie Holz fällten, das sie dann an die Holzhändler in der nahen Stadt verkauften. Im Laufe der Jahre hatten sich die Leute jedoch daran gewöhnt, Kohle zu verwenden, so dass bald kaum mehr Nachfrage nach Holz bestand. Für die Familie wurde es schwierig, ihr Auskommen zu finden, und bald kam die Zeit, in der kaum mehr genug zum Essen im Hause war.

Die arme Mina wusste nicht mehr aus noch ein, und so setzte sie sich eines Tages an den kleinen Fluss, von dem sie hatte Wasser holen wollen, und begann zu weinen.

„Warum diese Tränen, mein kleines Mädchen?" fragte der freundliche Bach.

„Ach!“ sagte Mina. „Es ist kaum noch Essen im Haus und meine zwei kleinen Schwestern und mein Bruder sind so hungrig.“

„Aber, das ist doch nur halb so schlimm“, sprach der Bach. „Gute Tage werden den schlechten folgen, so wie die Sonne jeden Morgen nach einer dunklen Nacht aufgeht. Also sei zuversichtlich, junge Dame, und spiele bis dahin das Spiel 'Tu-so-als-ob'.“

„'Tu-so-als-ob'?“ fragte Mina verwundert. „Wie spielt man das denn?“

„Nun, du kannst dir vorstellen, dass ein Bissen Essen in Wahrheit zehn ganze Bissen sind, und dein Magen wird sich bald ordentlich voll anfühlen. Je früher du nach Hause gehst und das Spiel beginnst, um so besser“, sagte der Bach.

Mina nahm den Rat des kleinen Bächleins an und eilte mit einem Lächeln heim. Sie rief ihren Bruder und ihre Schwestern und erzählte ihnen, dass sie ab nun niemals mehr hungrig sein würden oder sich unglücklich fühlen würden, denn der freundliche Bach hatte ihr das wunderbare Spiel 'Tu-so-als-ob' gelehrt, das sie gleich zu spielen beginnen sollten.

Sie ließ sie in einer Reihe hinsetzen, legte ein

kleines grünes Blatt vor jedem von ihnen hin und erklärte ihnen, das dies ein silberner Teller sei.

„Nun, meine Kleinen, müsst ihr euch vorstellen, dass wir heute ein Festmahl mit fünf Gängen haben. Hier ist etwas Reis und Dhal, das köstliche Linsengericht. Dazu gibt es gewürzte Kartoffel und Chapatis, die wohlschmeckenden Brotfladen, sowie eurer Lieblings-Mango-Chutney." Während sie dies sprach, teilte sie einem nach dem anderen fünf kleine Löffel Hirsebrei aus.

„Nun esst schön langsam und genießt es, so wie es die reichen Leute tun."

Die Kinder hatten bald den Spaß am Spiel entdeckt und lachten und scherzten miteinander. Das Spiel endete jedoch nicht mit dem Mahl. Als sie nämlich alle mit dem Essen fertig waren, stellten sie sich vor, wie die Diener hereinkamen und ihnen die Hände mit warmen Wasser wuschen, und sie sich schließlich zum Schlafen auf eine Matratze aus echter Baumwolle legten.

Am nächsten Tag und an vielen weiteren Tagen fanden die Kinder viel Spaß daran, dieses Spiel zu spielen, und sie vergaßen dabei, dass sie hungrig und unglücklich waren.

Schließlich waren die schlechten Zeiten vorbei, so wie der Bach es Mina vorausgesagt hatte, und sie und ihr Bruder fanden Beschäftigung bei einem Bautrupp, der gekommen war, um eine neue Straße im Dorf zu bauen. Von dieser Stunde an war im Hause kein Mangel mehr an Getreide und anderen Lebensmitteln und sie konnten sich sogar Matten kaufen, um nicht mehr am kahlen Boden schlafen zu müssen, so wie sie es bisher getan hatten.

Mina dankte dem freundlichen Bach, und jeden Tag, bevor sie zur Arbeit ging, pflückte sie all die wilden Blumen, die sie finden konnte, und brachte sie dem murmelnden kleinen Bach als Gabe dar.

Die vier Saris

Sheila hatte nur vier Saris, weil sie üblicherweise in einem einfachen Gewand herumlief. Einen Sari zog sie an, wenn sie Leute besuchte, einen anderen, wenn sie spazieren ging, der dritte war für den Unterricht und der vierte für Hochzeiten und Feste.

Der letzte war aus Silberbrokat und lag deshalb, in Seidenpapier gewickelt, in einer Schachtel verpackt.

„Du meine Güte", sagte der erste Sari eines Abends, als sie alle ausruhten, nachdem einer nach dem anderen getragen worden war. „Wie ich doch die vornehme Dame beneide, die in ihrer Schachtel ruht und nur für Hochzeiten und Feste hervorgeholt wird."

„Ich auch", sprach der zweite. „Sieh nur, wie ich vom Spazierengehen am unteren Ende schon ganz ausgefranst bin."

„Das ist nicht so schlimm verglichen damit, war ich ertragen muss, wenn mich die Herrin in der Schule trägt", sagte der dritte Sari. „Ihr könnt euch nicht vorstellen, wie die anderen Mädchen an mir zupfen und ziehen und mit ihren schrecklichen, hohen Absätzen auf mir herumstapfen. Und obwohl ich aus vollem Halse schreie, kümmert sich keiner auch nur einen Deut darum. Ich würde alles darum geben, warm und gemütlich in Seidenpapier verpackt zu sein, und nichts zu tun zu haben, als zu schlafen und zu träumen."

Kaum war der letzte Satz verklungen, als sie alle einen tiefen Seufzer aus der Schachtel hörten.

„Habt ihr das gehört?" fragte der erste Sari.

„Ja", sagte der zweite. „Und ich frage mich, was sie zu seufzen hat."

„So wie sie sich in letzter Zeit aufführt", sagte da der dritte, „könnte man annehmen, alle Probleme der Welt lasteten auf ihren Schultern."

Aus der Schachtel kam noch ein Seufzer, gefolgt von einem Stöhnen.

„Was ist denn?" fragte der erste Sari, der sich der Schachtel am nächsten befand.

„Ach, wie ich Euch um eure Fröhlichkeit beneide", sagte der Sari in der Schachtel. „Ihr könnt so viel ausgehen und die Welt sehen, während ich hier eingepackt liegen muss und schon ganz steif bin."

„Das ist lustig!" sagte der erste Sari. „Du

gehst doch zu Hochzeiten und Festen. Und die besten Dinge gibt es doch nur dort zu sehen. Ich zum Beispiel war noch nie bei so großartigen Veranstaltungen und beneide dich um dieses Privileg."

„Hochzeiten oder Feste sind auf ihre Art ganz nett. Aber den Rest der Zeit verpackt und in der Schachtel eingesperrt zu sein ist kein Spaß. Es macht einen so unglücklich und einsam."

„Glaubt ihr kein Wort", sagte der zweite Sari. „Sie tut nur so. Wer würde es schon vorziehen, zerrissen und zerfranst zu werden, wenn man nichts anderes zu tun hätte als warm und gemütlich herum zu liegen und vor sich hinzuträumen."

„Ach weh!", sagte der Brokatsari. „Es ist vielleicht ganz schön, einige Tage oder Wochen in einer Schachtel zu liegen, aber wenn man Monat für Monat nichts anderes tun darf, hat man bald ganz schön genug davon."

„Tatsächlich!" sagte da eine raue Stimme, die vom Spazierstock kam, der in einer Ecke stand. „Ihr seid doch wirklich die dümmsten Geschöpfe, die mir jemals untergekommen sind. Könnt ihr euch vorstellen, wie jener Sari, der gewohnt ist, jeden Tag auszugehen und

Leute zu treffen, auch nur einen Tag lang in dieser Schachtel liegen könnte? Und wäre der Brokatsari auch nur für einen einzigen Tag in der Lage, einen langen Spaziergang zu machen? Er wäre sehr schnell zerrissen und zerzaust. Jeder von euch ist für einen besonderen Zweck geschaffen worden und kann niemals den Platz eines anderen einnehmen. Was soll also all dieses Geschwätz und diese Unzufriedenheit?"

„Ich glaube, er hat recht", sagte der Brokatsari. „Ich könnte es niemals ertragen, so benützt zu werden wie einer von euch."

„Und wir könnten niemals auch nur einen Tag eingesperrt in einer Schachtel überstehen. Ich nehme also an, dass wir besser dran sind, so wie wir sind, nicht wahr?" fragte der erste Sari.

„Ganz sicherlich, mein Bester", antworteten der zweite und der dritte Sari zugleich.

„So lasst uns also zufrieden sein!"

„Und lasst einen armen Teufel sich endlich in Frieden ausruhen", brummte der Spazierstock.

Sei willkommen, Fremder

Es war einmal ein alter Mann, der lebte mit seinem Sohn in einer strohgedeckten Hütte nicht weit von der Hauptstraße entfernt, am Ufer des Flusses Narbada.

Vor der Hütte stand ein roh gezimmertes Schild, auf dem die beiden folgende Worte geschrieben hatten: „Sei willkommen, Fremder".

Eines Tages, als es sehr stark geregnet hatte und sich kaum ein Mensch auf der Straße befand, kam zufällig ein Dieb des Weges. Das Schild zog seine Aufmerksamkeit an und so hastete er zur Türe und klopfte an.

Der alte Mann kam heraus, begrüßte den Neuankömmling freundlich und bemühte sich dann, es diesem so bequem wie möglich zu machen.

Der Dieb hatte sich in der Zwischenzeit genau umgesehen und herausgefunden, dass in einer Ecke zwei Säcke mit Weizen lagen, und er ersann einen Plan, den alten Mann für eine Weile aus dem Haus zu lotsen, damit er in Ruhe die beiden Säcke fortschaffen konnte. So sagte er also zu seinem Gastgeber: „Mein lieber Herr, lass dir von dem armen, alten Mann erzählen, den ich vorher auf dem Weg getroffen habe. Er war so durchnässt und müde, das er kaum noch gehen konnte. Wäre es nicht nett, wenn du ihn holen und zu dir einladen würdest, damit er deiner Gastfreundschaft teilhaftig wird?"

„Das mache ich sehr gerne", erwiderte der alte Mann, hüllte sich in ein festes Tuch und machte sich im Regen auf den Weg.

Kaum dass sein gutgläubiger Gastgeber verschwunden war, warf sich der Dieb die beiden Getreidesäcke über die Schulter und eilte so schnell er konnte davon. Als der alte Mann zurückkehrte, fand er seine Hütte verlassen und die Säcke mit dem Getreide verschwunden. Er suchte allerorts vergeblich nach dem Gast und fragte sich, was er nur tun sollte, als sein Sohn von der Arbeit zurückkehrte.

Der Vater erzählte ihm, was geschehen war, und die beiden überlegten sich, ob sie nicht das Schild vor dem Haus entfernen sollten. Da erinnerte sich der Sohn an etwas und sprach: „Mach dir keine zu großen Sorgen, mein lieber Vater. Beide Säcke hatten Löcher und der Dieb wird nicht mehr viele Körner vorfinden, wenn er heimkommt. Und der Herr ist immer gnädig. Hier sind einige Bananen, die mir mein Arbeitgeber heute Nachmittag gegeben hat. Sie werden uns als Abendessen genügen."

Vater und Sohn wollten sich gerade hinsetzen, als es wieder an der Türe klopfte. Der Sohn eilte um sie zu öffnen, in der Hoffnung, dass es der Dieb sei, der - von Reue gepackt - zurückgekommen war, um das gestohlene Gut zurückzugeben. Statt dessen jedoch stand ein großer, gutaussehender Fremder vor der Türe.

„Verzeiht, wenn ich Euch zu dieser späten Stunde noch störe, aber ich las das Schild draußen und hoffte, hier für eine Weile etwas Schutz vor dem Regen zu finden", sprach der Fremde.

„Ihr seid willkommen, Herr", sagte der Sohn und half dem Neuankömmling sich abzutrocknen, während der Vater ihm ihr eigenes Mahl vorsetzte. Und der Fremde, der nicht wusste, dass ihm das einzige Essen im Haus angeboten wurde, aß recht viel von den Bananen.

„Es tut mir leid, wenn wir Euch nichts anderes anbieten können, Herr", entschuldigte sich der alte Mann. „Ein Dieb, den wir hier vor kurzem Schutz vor dem Regen gewährt hatten, stahl uns all unsere Vorräte."

„Und dann komme ich und beraube Euch noch dessen, was Euch übriggeblieben ist“, sagte der Fremde.

„Macht Euch darob keinen Kummer, guter Herr“, entgegnete der Sohn.

„Wir haben mit solchen Dingen gerechnet“, fügte der Vater hinzu, „als wir dieses Schild draußen angebracht haben. Außerdem sind nicht alle Menschen gleich. Und wohin könnte sich schon ein armer Fremder wenden, wo doch innerhalb von Meilen keine andere Hütte steht?“

Der alte Mann wollte dem Fremden eine Schlafstätte für die Nacht bereiten, doch da es zu regnen aufgehört hatte, wollte dieser so schnell wie möglich heimkehren und verließ die beiden wieder.

Bald darauf legten sich Vater und Sohn zum Schlafen nieder.

Am nächsten Morgen jedoch, als der Sohn die Türe öffnete, um den Boden zu kehren, stieß er einen Schrei der Überraschung aus. „Bitte, Vater, komm schnell!“ rief er. Und als der alte Mann herbeikam und sah, worauf sein Sohn zeigte, war er ebenfalls völlig verblüfft. Denn an beiden Seiten der Türe standen Säcke mit Reis und Weizen und Hirse. Und davor befanden sich einige Körbe mit Früchten und Gemüse.

„Wer könnte das wohl hergebracht haben?" fragte der alte Mann. „Könnte es dieser Fremde gewesen sein, dem wir letzte Nacht Obdach gewährten? Oder war es der Herr selbst, der in menschlicher Form in unsere bescheidene Hütte kam?" Tränen der Dankbarkeit flossen aus seinen Augen und er sagte zu seinem Sohn: „Wahrhaft, Gott ist groß!"

„Ja, mein lieber Vater", antwortete der Sohn, „und wir werden dieses Schild dort draußen ganz sicher niemals entfernen."

Der Leprakranke und der Affe

Es war einmal ein Leprakranker, dessen Körper schon so von der Krankheit gezeichnet war, dass ihm niemand mehr nahe kommen wollte. Und da es in diesen Tagen noch keine Heime oder abgesonderte Orte für Leprakranke gab, wurde der arme Kerl von jedem Ort vertrieben, an dem er Zuflucht suchte. Schließlich entschloss er sich, fort zu gehen und weit weg von allen menschlichen Siedlungen zu leben, und so baute er sich nahe eines Flusses unter einer Gruppe von Bäumen eine Hütte.

Als er eines Tages dort saß und über sein hartes Los nachgrübelte, brach plötzlich ein Ast von einem der Bäume ab und fiel ihm genau vor die Füße. Auf diesem Ast waren einige Affen gesessen, die mit diesem zu Boden stürzten. Unter ihnen befand sich auch ein Affenbaby, das unter den Zweigen und Blättern festsaß, und alle Bemühungen der anderen Affen, es von dort herauszuholen, waren vergeblich.

Der Leprakranke, der sah, was geschehen war, hatte sich erhoben, um zu helfen, jedoch misstrauten die Affen seinen Absichten und ließen ihn nicht an den Ast heran.

Schließlich fing das Affenbaby vor Schmerz an zu schreien, und seine Mutter kam zu dem Leprakranken und sah ihn mit einem so flehentlichen Blick an, dass er sich doch wieder erhob. Er jagte die anderen Affen fort, hob den Ast auf und rettete das Kleine.

Die Affen waren ihm für seine gütige Hilfe so dankbar, dass sie seine Freunde wurden und ihm sogar Wurzeln und Beeren als Nahrung brachten.

Der Leprakranke war gerührt von dieser Freundlichkeit und fand, dass diese armen, unwissenden Geschöpfe des Waldes ein besseres Herz hatten als seine lieben Mitmenschen.

Einige Monate gingen so ins Land und der Leprakranke bemerkte, dass seine Wunden langsam abheilten. Die Beeren und die Wurzeln hatten ihm mehr geholfen als all die Medikamente, die er bis dahin versucht hatte, und schließlich ging es ihm so gut, dass er sogar in seine Heimat zurückkehren und dort Arbeit finden konnte.

Und so lange er lebte, half er anderen Kranken, indem er sie an diesen besonderen Ort brachte und ihnen die Wurzeln und Beeren zu essen gab, die ihm seine Gesundheit wieder gegeben hatten. Dank ihm und der Affen lernte unser alter Heiler diese wunderbare Heilmethode kennen und half vielen leidenden Menschen, ihre Gesundheit wieder zu erlangen. Und obgleich dieses Wissen für uns Menschen der Gegenwart leider verloren ist, bleibt uns immer noch die Hoffnung, dass wir es eines Tages wiederfinden werden.

Der Junge, der die Vögel liebte

Es war einmal ein kleiner Junge, der Jagdish hieß und mit seinen Eltern und seinen beiden Schwestern in einer großen Stadt lebte. Am meisten von allen Dingen liebte er die Vögel. Er konnte niemals auf den Markt gehen oder bei einem Vogelhändler vorbeikommen, ohne seine Eltern zu bestürmen, ihm einen weiteren Vogel zu kaufen. Und obwohl in seinem eigenen und allen anderen Zimmern und auf der Veranda schon überall Vogelkäfige hingen, fand er immer noch Platz für einen weiteren.

Auch in der Schule oder am Spielplatz kümmerten Jagdish nur die Vögel und sobald einer zu singen begann, hörte der Junge mitten im Satz auf zu sprechen und lauschte aufmerksam dem Gesang.

Sein ganzes Taschengeld ging auf für die besten und feinsten Körner sowie für kleine Badehäuschen und Schaukeln.

Dennoch hatte Jagdish immer das Gefühl, dass seine Vögel nicht wirklich glücklich waren und mit einem sehnsüchtigen Blick auf die Bäume und in den Himmel blickten. Die Monate vergingen und die Jahreszeiten kamen und gingen ins Land. Und dann, eines Tages, kam der Junge mit Fieber aus der Schule und musste ins Bett gesteckt werden. Der Doktor wurde gerufen und das erste, was er anordnete, war, dass alle Vogelkäfige aus dem Zimmer entfernt werden sollten. Sogar seinen Schwestern und Freunden wurde verboten, ihn zu besuchen, denn er hatte sich eine böse Infektion zugezogen, mit der sich die anderen Kinder anstecken konnten.

Das alles machte Jagdish sehr unglücklich und sein Fieber nahm ebenso sehr zu wie sein seelischer Schmerz. Da es jedoch nichts gab, was er dagegen machen konnte, weinte sich der arme Bursche in den Schlaf.

Und da hatte er einen seltsamen Traum: Er träumte, er wäre selbst ein schöner, großer Vogel geworden, auf dessen Schwingen alle Farben des Regenbogens schimmerten und auf dessen Brust das Gold eines Sonnenuntergangs glänzte. Und sein eigenes Schlafzimmer verwandelte sich in einen großen Käfig mit silbernen Stangen.

Sein kleines Badehäuschen war aus Achat und seine Schaukel war aus echten Perlen gemacht. Er bekam die ausgewähltesten

Früchte und Nüsse vorgesetzt und war doch ganz und gar nicht glücklich dabei und hasste die Menschen, die aus ihm einen Gefangenen gemacht hatten. „Eher würde ich es vorziehen, in der Freiheit zu verhungern und zu sterben, als hier auch nur für eine Stunde festgehalten zu werden", sprach er zu sich selbst. Er versuchte, dies auch den Menschen mitzuteilen, die ihn versorgten, aber sobald er auch nur seinen Schnabel aufmachte, beeilten sie sich, ihm eine Nuss oder eine Frucht anzubieten, da sie dachten, dass er danach verlangte. Und da wandte er traurig sein Gesicht ab und schloss die Augen.

An diesem Punkt im Traum angekommen, wachte Jagdish auf und war erleichtert, sich selbst in seinem Bett wiederzufinden, mit allen seinen Lieben um sich herum. Er rief seine Mutter und erzählte ihr den seltsamen Traum. Die Mutter nickte und erklärte ihm, dass dieser Traum ihn lehren würde, dass seine Vögel in der Gefangenschaft nicht glücklich waren, gleich, wie sehr er sie auch lieben mochte, und er sich dazu entschließen sollte, ihnen die Freiheit zu schenken. Zuerst fiel es ihm schwer, diesen Gedanken zu akzeptieren, aber seine

Mutter machte ihm klar, dass seine Liebe zu den Vögeln sehr selbstsüchtig war, und er nur an sich alleine dachte und nicht an das Glück seiner Tiere.

Jagdish dachte viele Tage lang darüber nach und schließlich begriff er, dass alles, was seine Mutter ihm gesagt hatte, die Wahrheit gewesen war. Er versprach, seine Vögel freizulassen, sobald er gesund genug wäre um aufzustehen, und dieser Gedanke machte ihn wieder lebensfroh. Er nahm regelmäßig seine Medizin und war bald völlig gesund.

Sein Vater lieh sich einen großen Lastwagen aus, lud alle Käfige darauf und fuhr mit seinen Kindern in die Wälder hinaus.

Dort wurden die Käfige einer nach dem anderen abgeladen und die Vögel freigelassen, und als sie in die Lüfte empor stiegen, jubelten die Kinder vor Freude. Einige der Vögel allerdings trauten sich nicht so recht hinaus und so wurden ihre Käfige auf hohe Äste gehängt und die Türen den ganzen Tag offen gelassen. Als die Nacht hereinbrach, hatten schließlich alle Vögel ihre Käfige verlassen und waren in die Freiheit geflogen und Jagdish fuhr glücklich und zufrieden mit seiner Familie heim. Die hassenswerten Käfige hatten sie in eine tiefe Schlucht geworfen und von diesem Tag an tat Jagdish alles, um alle anderen Vogelfreunde dazu zu bewegen, seinem Beispiel zu folgen.

Seine Krankheit hatte sich also als eine verborgene Wohltat herausgestellt und er dankte Gott dafür, dass er ihn seinen Fehler erkennen ließ.

Und obwohl er niemals aufhörte, die Vögel zu lieben, wollte er sie doch nie wieder in einem Käfig sehen.

Die Gebrüder Bäcker

In einer bevölkerten Straße in der Stadt Allahabad lebte einmal ein Bäcker, der hieß Rashid. Die Nachfrage nach seinem Brot war so groß, dass sein kleines Geschäft, das im vorderen Teil der Bäckerei untergebracht war, jeden Morgen vor Kunden nur so überquoll. Der joviale, dicke alte Rashid bediente sie alle mit einem Lächeln. Er hatte für jeden ein nettes Wort übrig und vergaß niemals, sich nach dem Befinden der Alten und Kranken zu erkundigen und den Jungen ein ermutigendes Wort zu schenken.

Auch die Kinder mochten ihn und kamen von weit her, um sein Brot zu kaufen, und Rashid hatte für sie tief in seinen Schürzentaschen immer eine Süßigkeit oder einen Keks versteckt.

Am anderen Ende der Straße gab es noch eine andere Bäckerei, moderner und einladender, wo die reichen Leute ihre Diener hinsandten, um Brot und Backwerk zu kaufen. Da die Reichen jedoch nicht sehr zahlreich waren, wurde das Brot in den Regalen meist altbacken und oftmals weggeworfen, und der Eigentümer kam nicht auf die Idee, auch nur das kleinste

Krümelchen an die Armen zu verschenken.

Hamid, der Besitzer dieser Bäckerei, verstand nicht, weshalb er nicht mehr Kunden anlocken konnte. Aber je besser er sich kleidete und je moderner er sein Geschäft einrichtete, desto mehr Leute scheuten sich, es zu betreten.

Schließlich sprach er mit seiner Frau über seine Sorgen und bat sie um ihren Rat.

„Ich werde dir sagen, was du tun solltest", antwortete ihm seine Frau. „Du solltest dich als armer Arbeiter verkleiden und bei deinem Konkurrenten Rashid um Arbeit anfragen. Dann wirst du bald hinter alle seine Geheimnisse kommen. Wer weiß? Vielleicht verwendet er eine ganz bestimmte Mehlsorte oder fügt mehr Zucker in den Teig oder hat sonst irgend ein Mittelchen, mit dem er sein Brot schmackhafter macht. Du musst einfach nur herausfinden, was es ist und dann können wir es ihm nachmachen."

Also schor sich Hamid Bart und Haar ab, kleidete sich wie ein armer Arbeiter, verließ seine Frau, die während seiner Abwesenheit den Laden weiterführte, und ging zu seinem Konkurrenten. Rashid war gerade dabei, einige frisch gebackene Laibe Brot in den Regalen zu verstauen, als er einen armen Mann an seiner Tür entdeckte. Da er ihn für einen Kunden hielt, lud er ihn ein, das Geschäft zu betreten, und bot ihm einen Platz an. „Die Brote kommen gerade frisch aus dem Ofen, mein Freund“, sagte er, „und sind noch zu heiß, um sie einzuwickeln und mitzunehmen.“

„Ich bin nicht gekommen um Brot zu kaufen, mein Herr“, antwortete Hamid, „sondern um bei Euch um Arbeit anzufragen.“

Rashid war erstaunt das zu hören, umso mehr, als die Stimme des Fremden ihm irgendwie bekannt vorkam. Er kratzte sich kurz am Kopf, entschuldigte sich dann mit einem Lächeln und ging nach hinten.

„Meine liebe Frau“, rief er, „komm bitte schnell her.“

„Was gibt es denn? Was ist geschehen?“ fragte seine Frau.

„Nichts ist geschehen“, antwortete Rashid. „Aber in unserem Geschäft ist ein Fremder, der mich um Arbeit gebeten hat. Seine Stimme erinnert mich sehr stark an Hamid, dem Besitzer der Bäckerei am anderen Ende der Straße. Komm doch bitte mit und schau selbst, denn ich bin ganz verwirrt, da der Mann rasiert ist und armselig gekleidet, während Hamid einen Bart trägt. Und du weißt doch, wie gut er immer angezogen ist, wenn er das Haus verlässt. Bitte komm doch und sieh selbst."

„Gut", sagte die Frau. „Geh du einstweilen zu ihm hinaus und ich komme in Kürze nach. Und wenn ich ebenfalls feststelle, dass seine Stimme die Hamids ist, dann werde ich wie zufällig einen Laib Brot fallen lassen. Du wirst dann wissen, was ich meine. Denn wie sehr ein Mensch auch sein Aussehen verändern mag, er wird niemals seine Stimme oder seinen Gang verändern können. Und wenn es wirklich Hamid sein sollte, so sei taktvoll und zwinge ihn nicht, etwas zu sagen, das er lieber nicht preisgeben will. Er mag vielleicht in Schwierigkeiten stecken, denn ansonsten könnte ich mir nicht vorstellen, weshalb ein so stolzer Mann zu solch einem Trick greifen sollte."

Rashid ging zurück zu dem Fremden, der eben die frisch gebackenen Brotlaibe auf dem Regal begutachtete. Da Rashid annahm, er wäre hungrig beeilte er sich, einen Laib aufzuschneiden und dem Fremden eine Scheibe davon anzubieten.

„Wieviel Zucker gibst du in den Brotteig?"

fragte der Fremde. „Es schmeckt gut und süß."

„Um die Wahrheit zu sagen", antwortete Rashid, „es ist kaum Zucker darin. Denn die meisten meiner Kunden sind arme Leute, die es sich nicht leisten können, süßes Brot zu kaufen. Aber das wirst du bald sehen, wenn du uns bei der Arbeit hilfst, so wie du es angeboten hast."

„Ich werde sehr gerne jede Arbeit machen, die du mir gibst", antwortete der Fremde.

Während sie so sprachen, kam leise Rashids Frau herein und schlichtete Brotlaibe im Regal. Und kaum hatte der Fremde gesprochen, ließ sie auch schon den Brotlaib fallen, den sie gerade in der Hand hielt. Nachdem sie ihn wieder aufgehoben hatte, legte sie ihn auf seinen Platz zurück und ging hinaus. Rashid sah nun seinen Verdacht bestätigt, aber er musste sehr taktvoll und freundlich vorgehen.

Hamid hielt seine Augen und Ohren offen und beobachtete alles ganz genau, während er arbeitete. Er war immer etwas herablassend zu seinen Kunden gewesen und hatte auf die ärmeren unter ihnen sogar ein bisschen herabgesehen. Rashid hingegen behandelte alle als wären sie seine besten Freunde und war respektvoll und aufmerksam zu den älteren. Und darüber hinaus machte er sich niemals die Mühe, das Geld nachzuzählen, das ihm die ganz armen unter seinen Kunden gaben, denn er konnte vollkommen sicher sein, dass sie nicht mehr zahlen konnten, als sie ihm in die Hand drückten.

Mochte darin etwa das Geheimnis seines Erfolges liegen?

Aber dennoch blieb Geschäft eben Geschäft. Und es auf eine solche Weise zu führen, befürchtete Hamid, würde ihn eines Tages in den Ruin treiben.

Und trotzdem blieb jeden Abend, wenn das Geld gezählt wurde, ein guter Gewinn übrig und zwar mehr, als er, Hamid, jemals in seiner Kassa hatte.

Und was das Brot selbst betraf, so nahm Rashid die gleichen Zutaten wie auch Hamid und bereitete das Brot auf die gleiche, althergebrachte Weise zu. Und sein Backofen sah im Vergleich zu seinem eigenen viel älter aus und alles brauchte viel mehr Zeit und Arbeit. Trotzdem schien sich niemand daran zu stören, und sogar die Gehilfen arbeiteten vom Morgengrauen bis zur Dämmerung wie ein Gespann starker, fröhlicher Pferde. Sie lachten und machten Witze und neckten einander oder sangen sogar lautstark Lieder, was Rashid jedoch nicht im Geringsten zu stören schien.

Alles war so ganz anders als in seinem eigenen Geschäft, aber wenn dies das Geheimnis von Rashids Erfolg war, dann musste der stolze Hamid eben sein Haupt in Demut neigen. Er hatte gesehen, weshalb er gekommen war, und entschloss sich nun, seinen Stolz zu vergessen und seinem freundlichen Nachbarn alles zu gestehen.

So rief er also eines Abends, als die Arbeit etwas früher beendet war als sonst, Rashid und seine Frau zu sich und erzählte ihnen die ganze Geschichte.

Und Rashid war so überglücklich, dass Hamid ihm endlich seines Vertrauens für würdig befand, dass er ihm vorschlug, ihre beiden Geschäfte zusammenzulegen. Hamid gefiel diese Idee ganz außerordentlich und er schickte sofort nach seiner Frau, um ihr die gute Nachricht zukommen zu lassen. Und auch sie war glücklich, dass sich alles zum Guten gewendet hatte, und dankte ihren neuen Freunden für deren Güte.

Von diesem Tag an arbeiteten die beiden

Bäcker zusammen und ein glücklicheres und zufriedeneres Gespann konnte man wohl nirgendwo anders finden. Ihre Geschäfte blühten und als sie zu alt waren, um sie weiter zu führen, wurden sie von ihren Söhnen übernommen.

Und die beiden Läden wurden umbenannt in „Die freundlichen Bäcker" und „Die Gebrüder Bäcker."

Das Bettlermädchen

In dem hübschen Dorf Tapi lebte einmal ein Bettlermädchen. Es hatte seine Eltern verloren als es noch sehr jung gewesen war und es hatte auch keine Brüder oder Schwestern. Also lebte es dort, wo die Dorfstraße in den schönen grünen Wald mündete, ganz alleine unter einem großen Mangobaum.

Es stand jeden Tag mit den Vögeln auf und nachdem es in dem nahen Flüsschen seine Morgentoilette beendet hatte, ging es in die Stadt, um für sein tägliches Essen zu betteln.

Die Dorfkinder machten sich einen Spaß daraus, sich über es lustig zu machen, und warfen manchmal sogar mit Steinen nach ihm und die jungen Mädchen glaubten, dass es Unglück bringen würde, wenn ihr Blick am Morgen zuerst das Gesicht der jungen Bettlerin traf.

Die geschäftigen Hausfrauen am Brunnen oder vor ihren Häusern schalten es jeden Tag, wenn es um ein wenig Essen kam, und drohten, ihm irgendwann einmal eine ordentliche Tracht Prügel zu verpassen. Dennoch hielt es tapfer durch und hoffte, Gott würde eines Tages seine Gebete erhören und ihm ein besseres Leben schenken.

Wenn es am Abend an seinen Wohnplatz zurückkehrte, liefen all die streunenden Hunde und Katzen aus dem Dorf hinter ihm her, und unter dem Mangobaum warteten bereits weitere seiner Freunde aus dem Tierreich. Und es teilte gerne mit ihnen das wenige, das es sich den Tag über erbettelt hatte.

Die Monate und Jahre vergingen und das Bettlermädchen wuchs zu einer hübschen und bescheidenen Frau heran.

Nun lebte im Herzen des Waldes jedoch ein Elfenkönig mit seiner Königin und seinem ganzen Hofstaat. Sie hatten nur ein einziges Kind, einen jungen Prinzen, der ebenso hübsch im Aussehen war wie edel in seiner Gesinnung.

Als der junge Prinz großjährig wurde, gebot ihm sein Vater, in die Welt hinaus zu gehen und sich eine Braut zu suchen, die vor allem ein gütiges Herz haben sollte und eine liebenswerte Gesinnung. Mit einem Wink ihres Zauberstabes verwandelten die Eltern ihren Sohn in einen uralten Mann mit einem langen Bart, da es ihm in dieser Verkleidung leichter fallen sollte, ein wirklich gutes Mädchen zu finden. Denn wäre er als der hübsche junge Prinz auf Reisen gegangen, der er ja war, so hätte jedes Mädchen sich ihm nur von seiner besten Seite gezeigt, um seine Frau zu werden.

Die Königin gab ihm ihren Zauberstab mit, den er im richtigen Moment benützen konnte, und der junge Prinz machte sich alsbald, begleitet vom Segen und den guten Wünschen der Familie und des Hofes, auf den Weg.

Gleich außerhalb des Waldes, in dem er lebte, lag dieses kleine Dorf Tapi, und der Prinz entschloss sich, hier sein Glück zu versuchen, bevor er noch weiter wanderte. Die Dorfmädchen, die auf dem Weg zum Brunnen waren, würdigten ihn jedoch keines Blickes.

Eine Schar spielender Kinder tobte schreiend um ihn herum und dabei wurde er von ihnen zu Boden gestoßen, sodass er schmerzhaft fiel und liegenblieb, unfähig zu begreifen, was er getan hatte, um eine so derbe Behandlung zu verdienen.

Als etwas später das Bettlermädchen auf dem Heimweg war, fand es den armen alten Mann mitten auf der Straße liegen und vor Schmerzen stöhnen. Es lief schnell zu ihm hin, half ihm auf die Füße und führte ihn, als er sich ein bisschen besser fühlte, zu seiner Hütte unter dem Mangobaum. Dort wusch und verband es seine Wunden, gab ihm zu essen und bettete ihn dann auf seine eigene Matratze, wo der Prinz sofort tief und fest einschlief.

Am nächsten Tag sammelte das Bettlermädchen einige Kräuter, zerrieb diese zu einer Salbe, die es auf die Wunden auflegte, und der Prinz merkte sofort, wie seine Schmerzen nachließen. Es fragte ihn nicht woher er kam oder wohin er wollte, nahm jedoch an, dass er den Rest seiner Tage bei ihm bleiben würde, denn er sah viel zu alt und schwach aus, um noch alleine leben zu können.

Der Prinz jedoch wollte ihm nicht länger zur Last fallen und rief es eines Tages zu sich, um ihm für alles zu danken, das es für ihn getan hatte. Er fragte es, ob es etwas gab, das er ihm zum Dank dafür schenken konnte, das Bettlermädchen jedoch schüttelte nur den Kopf und erklärte ihm, dass es nichts gäbe, das es haben wolle. Dann wandte es sich ab und brach in Tränen aus, und gestand ihm, dass es sich, wenn er fort wäre, viel einsamer fühlen würde als je zuvor, da ihm seine Anwesenheit so wohlgetan hatte.

„Aber ich bin doch nur ein hässlicher alter

Mann. Wie könnte dich meine Gesellschaft erfreuen?“ fragte der Prinz.

„Für mich“, antwortete das Bettlermädchen, „bist du ein guter und freundlicher Mensch, und ich hätte mich mein Leben lang um dich gekümmert, wenn du bei mir geblieben wärst.“

Der Prinz war hocherfreut über diese Worte, denn er fühlte sich ebenfalls sehr zu diesem einfachen jungen Mädchen hingezogen. Also sagte er zu ihm: „Warum heiratest du mich nicht einfach?“

„Dich heiraten?“ fragte das Mädchen erstaunt. „Aber ich bin doch nur eine Bettlerin und eine Ausgestoßene.“

„Das ist für mich bedeutungslos, solange du dich um mich sorgst und freundlich zu mir bist.“

„Ich verspreche, dass ich das immer tun werde“, antwortete das Bettlermädchen.

Kaum waren diese Worte ausgesprochen, als der alte Mann seinen Zauberstab schwang und zu dem hübschen jungen Prinzen wurde, der er in Wirklichkeit war.

Als das Mädchen die Verwandlung sah, die mit ihm vorging, war es sprachlos und wusste nicht, was es tun oder sagen sollte. Aber der

Prinz schwenkte abermals seinen Stab und das Mädchen verwandelte sich ebenfalls und wurde eine liebliche Elfe mit lavendelfarbenen Flügeln und Augen wie kleine Veilchen.

Das Bettlermädchen war so überwältigt vor Freude über diese Veränderung, dass es dem Prinzen zu Füßen fiel und weinte. Dieser jedoch hob es zärtlich auf und brachte es heim zu seinen Eltern.

Die Hochzeit fand im Herzen des Waldes statt und überall im Feenlande herrschte große Freude und das Brautpaar erhielt viele wunderbare Geschenke. All ihre Freunde aus dem Tierreich waren zur Feier eingeladen worden und blieben dann für immer bei ihnen. Denn das Bettlermädchen, das jetzt eine Feenprinzessin war, brauchte nur den Zauberstab zu schwingen, und schon konnte es ihnen alles geben, was sie wollten.

Und alle waren überglücklich.

Der unzufriedene kleine Hase

Es war einmal ein kleiner Hase, den störte die Trockenheit ebenso wie der Regen, und er war auch nicht zufrieden, wenn es warm war und die Sonne schien. Und war das Wetter einmal gerade so richtig angenehm, dann fand er es dennoch unangenehm.

Eines Tages kam ein Wandermönch an seinem Bau vorbei, der laut heilige Verse zur göttlichen Verehrung sang: „Hari Bol, Hari Bol".

„Welchen Sinn hat es, den Herrn anzurufen, wenn Er uns doch niemals das gibt, was wir uns wünschen?" fragte der Hase.

„Was wünscht du dir denn?" fragte der Wandermönch.

„Nun, zuerst einmal möchte ich dort sein und leben, wo es niemals warm oder kalt ist und wo alles wunderschön ist", antwortete der Hase.

„Sag mir, ob du solch einen Ort in der Welt kennst, und ich werde zum Herrn beten, dass er dir erlaubt, hinzugehen und dort zu leben."

Der Hase blickte in alle Richtungen - Norden, Süden, Osten und Westen - aber es fiel ihm kein einziger solcher Ort ein. Dann sah er in den Himmel und fand dort eine kleine Wolke, die über ihren Köpfen hinwegzog.

„Ich glaube, solange ich auf dieser Erde bin, werde ich immer mit allen Dingen unzufrieden sein. Wenn du aber wirklich für mich beten willst, dann bitte den Herrn, dass ich auf dieser hübschen kleinen Wolke dort oben leben darf, und ich werde sehr, sehr glücklich sein", sagte der Hase.

Der Wandermönch begann also zu beten und seine heiligen Verse zu singen, und der Hase fühlte, wie er sich sanft in die Lüfte erhob und zum Himmel empor stieg. Als er die Wolke erreicht hatte, rief er dem Wandermönch zu: „Danke! Du kannst jetzt aufhören. Es genügt."

Dann ging er daran, es sich gemütlich zu machen. Aber obwohl die Wolke zweifellos schön war, so hatte sie nicht einmal die Farben, die er zuvor gesehen hatte und sie war so feucht und nebelig, dass der Hase seine Wahl bald bereute. Er wollte herumspazieren, aber seine Füße sanken in die Wolke wie in weiche Baumwolle und da er außerdem Angst hatte, hinunterzufallen, legte er sich schließlich nieder und war bald bis auf die Knochen durchnässt. Er blickte über den Rand der Wolke hinunter und sprach zu sich selbst: „Was ist die Erde doch für ein hübscher Ort von hier oben aus gesehen. Es war dumm von mir, so unzufrieden zu sein."

Er wollte wieder hinuntergebracht werden, aber von seinem Freund, dem Wandermönch war nirgendwo eine Spur zu sehen. Und obwohl er so laut schrie, wie er nur konnte, schien ihn niemand zu hören. Also begann er aus tiefster Seele um Vergebung zu beten und darum, auf die Erde zurück gebracht zu werden. Und wirklich hörte er nach einiger Zeit den Wandermönch, der ihm zurief, herunterzukommen. Er beeilte sich, schleunigst der Aufforderung nachzukommen, und purzelte dem Wandermönch vor die Füße. „Ihr habt mir ein gute Lehre erteilt, mein Herr", sagte er zu ihm, „die ich hoffentlich niemals wieder vergessen werde."

„Aus eben diesem Grund bin ich hierher gesandt worden, mein Kleiner", sprach der Wandermönch. „Gehe hin in Frieden und lebe fortan glücklich. Denn der Herr weiß besser als wir, was gut ist für uns und er gibt jedem von uns genau das, was er braucht."

Die kleine Razia

Die kleine Razia war das einzige Kind des Großwesirs Gaffurkhan und da sie sich immer in der Gesellschaft der Kinder der anderen Adeligen befand, musste sie sich stets von ihrer besten Seite zeigen.

Sie durfte niemals laufen oder schreien oder ihre zarten kleinen Hände beschmutzen, indem sie etwas Unreines berührte. Und ihr Kleid und ihre Sandalen musste sie mindestens zweimal täglich wechseln, da die Kleidung, die sie am Morgen trug, nicht gut genug war für den Abend.

Sie hatte alles, was man für Geld kaufen konnte, und doch war sie nicht glücklich und sie beneidete die armen Kinder, die hingehen konnten wohin es ihnen gefiel, die im Gras sitzen konnten ohne sofort gescholten zu werden, und über Wiesen und Felder streifen durften, wann immer sie Lust dazu hatten.

Wenn Razia überhaupt spielen durfte, dann nur mit den Kindern der Mitglieder des Hofstaates und sogar dann wachte eine alte Verwandte darüber, dass sie dabei keinen Lärm machte, und sich immer benahm wie eine

Dame.

Das war alles sehr langweilig und Razia wurde im Laufe der Zeit immer trauriger und trauriger.

Eines Tages mussten ihre Eltern zum Hofe des Kaisers reisen und Razia wurde bei ihrer Amme gelassen, welche die Gewohnheit hatte, nach einiger Zeit einzuschlafen. Während eines dieser Nickerchen gelang es Razia, zum anderen Ende des Gartens zu entkommen, wo ihre Lieblingsblumen blühten. Dort setzte sie sich auf eine Marmorbank und seufzte tief. „Ich wünschte, mein Vater wäre nur ein einfacher Mann, dann könnte ich mit den anderen Kindern spielen."

Kaum hatte sie diesen Wunsch ausgesprochen, als auch schon ein kleiner Gnom aus einer der Blüten hervorkroch.

„Hallo!" sagte der Gnom.

„Hallo", antwortete Razia schüchtern. „Wer bist denn du?"

„Ich bin Pu-Pu, der Gnom, und ich bin gekommen, um mit dir zu spielen", entgegnete der Gnom.

„Wie schön!" rief Razia aus und klatschte in die Hände. „Was sollen wir denn spielen?"

„Spielen wir Verstecken zwischen diesen Blumen“, sagte der Gnom. „Ich verstecke mich und du musst versuchen, mich zu finden. Wenn du mich nicht findest, dann sagst du einfach ‚Pu-Pu, wo bist du?‘ und ich werde sofort wieder erscheinen.“ Kaum hatte der kleine Gnom diese Worte gesprochen, verschwand er auch schon zwischen den dunkelblauen Blüten.

Razia suchte und suchte ihn, konnte ihn jedoch nicht finden und rief schließlich: „Pu-Pu, wo bist du?“ Und schon sprang er hinter den Blättern hervor.

Nun wäre es an Razia gewesen, sich zu verstecken. Sie bemerkte jedoch, dass ihre Amme von der anderen Seite des Gartens nach ihr Ausschau hielt, und sagte: „Ich muss jetzt gehen, sonst werde ich bestraft.“

„Wie betrüblich!“ sagte der Gnom. „Aber mach dir nichts daraus, ich gebe dir hier diese Zauberkörner. Hebe sie gut auf. Und wann immer du Lust hast, zum Spielen zu kommen, sprich deinen Wunsch einfach aus und schon werden alle im Haus in tiefen Schlaf fallen.“

„Wie freundlich von dir!“ sagte Razia. „Ich weiß kaum, wie ich dir danken soll. Leb wohl bis morgen.“ Und damit lief sie auch schon zum Haus zurück.

Die Tage vergingen und Razia war überglücklich. Denn sie musste nur ihren Zauberkörnern sagen, dass sie hinaus wollte zum Spielen, und sofort schlief jeder im Haus ein. Und sie konnte spielen, soviel ihr Herz begehrte.

Nach einiger Zeit kehrten Razias Eltern vom Hof des Kaisers wieder nach Hause zurück und sie waren entsetzt über den Zustand, in dem sie ihr Haus und ihren Garten vorfanden. Die Diener, Mägde und Gärtner hatten den Großteil ihrer Zeit schlafend verbracht und deshalb völlig ihre Arbeit vernachlässigt. Jetzt mussten alle eifrig daran gehen, alles wieder in Ordnung zu bringen.

Einige Monate später brachte ein Bote die Nachricht, dass der Kaiser auf der Jagd in der Gegend war und Razias Vater am nächsten Tag mit seinem Besuch beehren wollte. Sofort wurden alle Vorbereitungen getroffen und die arme Razia wurde in ein kleines Zimmer in der oberen Etage geschickt, wo sie mit ihrer Amme bleiben sollte, bis der Kaiser wieder abgereist war. Razia weinte den ganzen Tag, aber niemand nahm auch nur die leiseste Notiz von ihr. Am nächsten Tag wurde sie schon zeitig im

Morgengrauen geweckt von all dem Lärm und Tumult, der von unten kam, und sie fühlte sich sehr einsam, bis ihr plötzlich die Zauberkörner einfielen, auf die sie in ihrem Kummer völlig vergessen gehabt hatte.

Sie nahm einige davon aus der goldenen Kassette, in der sie die magischen Samen aufbewahrte und sagte: „Ich möchte so gerne spielen gehen, bin aber in diesem Raum eingeschlossen."

Und schon innerhalb weniger Minuten begann die alte Amme zu gähnen, wurde müde und schlief schließlich ein.

Razia schlich die Stiegen hinunter und sah zu ihrer größten Freude, dass alle tief und fest schliefen. Also lief sie schnell in den Garten, um den ganzen Morgen mit Pu-Pu zu spielen.

In der Zwischenzeit kam der Kaiser mit seinem ganzen Hofstaat an und war sehr erzürnt, dass niemand zu seiner Begrüßung bereitstand. Und wo immer er sich hinwandte - er fand alle tief schlafend vor. Alle seine Minister und Leibwächter lachten und seine Majestät, die sich zutiefst beleidigt fühlte, befahl, dass Razias Vater all seines Hab und Guts verlustig gehen und er das Haus verlassen und wie ein gewöhnlicher Mann leben sollte.

Razia musste also ihr prunkvolles Heim und alle ihre kostbaren Kleider und Juwelen zurücklassen, weil sie ja nun nicht mehr die Tochter des Großwesirs war. Und sie war überglücklich darüber, da sie nun mit allen ihren Nachbarskindern spielen durfte, ohne dass eine Verwandte oder die alte Amme über sie wachte. Sie gab schließlich dem Gnom Pu-Pu die Zauberkörner zurück, da sie diese nun nicht mehr benötigte, und wuchs zu einem starken und glücklichen Mädchen heran.

Das Geheimnis der Zauberkörner jedoch behielt sie für sich so lange sie lebte.

Ehre unter Dieben

Eines Tages beschloss ein Dieb, den Palast des Königs auszurauben. Er nahm all sein Werkzeug mit sich und machte sich auf zum Schloss des Königs.

Auf dem Weg dort hin traf er einen Fremden, der ganz so wie er selbst gekleidet war und ihn fragte, wohin er wohl unterwegs sei. Der Räuber, der den Mann für einen Berufskollegen hielt, erzählte ihm alles und forderte ihn auf, ihn zu begleiten. Dieser stimmte freudig zu und sie eilten gemeinsam ihrem Ziel entgegen.

Als sie am Tor angelangt waren, sagte der Räuber zu dem Fremden, dass er nun gehen und seine Arbeit machen würde, während der Fremde am Tor Wache halten sollte. Der Fremde war gerne einverstanden und der Räuber kletterte so leicht über die Mauer wie ein Affe einen Baum erklimmt.

Der Räuber traf auf niemanden der ihn aufhielt und betrat schließlich das königliche Schlafzimmer, fand es jedoch leer bis auf drei Schachteln, die auf einem Tisch standen.

Er nahm alle drei an sich, entschloss sich, nicht weiter nach Beute zu suchen, und war gerade im Begriff, den Palast zu verlassen, als er sich an seinen Freund vor dem Tor erinnerte, dem er versprochen hatte, alles zu teilen, was er finden würde. Also öffnete er eine Schachtel nach der anderen und sah, dass jede von ihnen ein Armband enthielt, das mit kostbaren Steinen verziert war. Da es unmöglich sein würde, alle drei gleichmäßig aufzuteilen, stellte er eine Schachtel zurück, machte sich davon und kletterte die Mauer gerade noch im rechten Moment hinunter, bevor die Wache, die näher kam, ihn entdecken konnte.

Beide Männer rannten in den Wald hinein um die Beute zu teilen, und der Dieb erzählte dem Fremden, dass er eine Schachtel zurückgelassen hatte, da es unmöglich gewesen wäre, die Beute dann gleichmäßig zu teilen. Die beiden trennten sich danach, aber erst, nachdem der Fremde taktvoll herausgefunden hatte, wie sein Gefährte hieß und wo er wohnte.

Am nächsten Tag stand vor der Türe des Räubers ein Mann, der ihn zum König bringen sollte. Er war sicher, dass sein Kumpan ihn verraten hatte, aber was konnte er jetzt noch tun?

So trat er schließlich zitternd vor den König, da er annahm, dass er für seine Untat streng bestraft werden würde. Seine Befürchtungen verringerten sich jedoch ein wenig, als er sah, dass der König ihn anlächelte.

„Dein Gefährte bei dem Abenteuer letzte Nacht, das war ich", sagte Seine Majestät.

Der Räuber konnte seinen Ohren kaum trauen, aber als er näher hinsah, bemerkte er, dass dem tatsächlich so war.

Er fiel vor seinem König auf die Knie und flehte ihn um Vergebung an, nur für dieses eine Mal, und versprach, ein neues Leben zu beginnen, wenn der König ihm diese Gunst gewähren wollte.

Der König gebot seinen Wachen, den Räuber freizulassen, denn obwohl dieser Mann ihn bestohlen hatte, so hatte er doch ein Gefühl von Ehre in sich, und er wollte ihm die Chance geben, diese Tugend auf bessere Art als bisher zu nutzen. Also machte er einen Soldaten aus ihm und schenkte ihm ein Stück Land und ein Haus, sodass er es nicht mehr notwendig hatte, zu stehlen.

Der Dieb war so überwältigt von der Großzügigkeit des Königs, dass er einen Eid schwor, sein Wort zu halten, und der Güte Seiner Majestät in jeder Weise gerecht zu werden.

Und wirklich war der einstige Räuber so eifrig bei der Sache, dass er im Laufe der Zeit sogar zum General aufstieg und an der Seite seines königlichen Herrn so manche Schlacht gewinnen konnte.

Der faule Diener

Ein Gutsbesitzer hatte einmal einen Diener, der hieß Mahadev, und der arbeitete recht brav, solange sein Herr ihm bei der Arbeit zusah. Aber kaum hatte dieser ihm den Rücken zugekehrt, so legte er den Staubwedel auch schon zur Seite und machte eine Menge Lärm, so, als würde er die Möbel schieben und darunter sauber machen. In Wahrheit jedoch tat er nichts dergleichen und sein Herr war es endlich so müde, ihm ständig zu sagen, dass er seine Arbeit ordentlich tun solle, dass er schließlich beschloss, seinem Diener eine Lehre zu erteilen, die er nicht so schnell vergessen würde.

Er besaß eine alte, rostige Kassette, die Mahadev schon lange vernachlässigt hatte. Er zog sie unter dem Bett hervor und als er sie öffnete, sah er, dass sie ein kleines Fach an der Innenseite hatte. Er nahm einen Umschlag, tat 500 Rupien hinein und schrieb folgendes: „Mahadev, dieses Geld ist für dich. Nimm es und kaufe dir eine vollkommen neue Ausstattung sowie einen schönen, roten Turban."

Dann steckte er das Kuvert in das Fach der Kassette, befahl Mahadev, sie gründlich zu reinigen, und ging zum Fluss, um sein Bad zu nehmen. Als er zurück kam, rief er nach Mahadev und fragte: „Hast du meine Kassette gereinigt?“

„Ja, Herr“, antwortete Mahadev, „hier ist sie.“ Und er stellte die Kassette auf den Tisch.

„Ich nehme an, du hast sie auch innen gründlich gereinigt.“

„Ja, Herr“, erwiderte der Diener. „Ich habe jede Ecke und jeden Winkel gesäubert.“

Der Herr sah auf einen Blick, dass die Kassette nicht gründlich gereinigt worden war, also öffnete er sie, zog das Kuvert hervor und gab es seinem Diener zu lesen. Dann steckte er es ruhig in seine eigene Tasche und sagte: „Siehst du, wenn du wirklich jeden Winkel und jede Ecke davon gesäubert hättest, so wäre dir dieser Umschlag nicht entgangen.“

Mahadev war so betrübt, dass er die Gelegenheit verpasst hatte, sich den so sehr gewünschten roten Turban kaufen zu können, dass er von da an immer alles äußerst gründlich putzte, und in jeden Winkel und jede Ecke sah, wenn ihm sein Herr etwas zum Saubermachen gab.

Ehrlich währt am längsten

„Es stimmt nicht", sagte Dipak, „dass man nur reich werden kann, wenn man unehrliche Methoden anwendet. Mein Vater begann als armer Mann und wurde Inhaber von vier großen Unternehmen."

„Wie hat er das geschafft?" fragte einer seiner Freunde.

„Ach, das ist eine lange Geschichte."

„Ich würde sie trotzdem gerne hören", beharrte der Freund. Also setzten sie sich alle und sahen neugierig auf Dipak.

„Wir kommen aus dem Dorf Amba Wadi, das etwa vierzig Meilen von hier liegt", begann Dipak seine Erzählung. „Es war ein sehr kleiner Ort, wo es weder elektrisches Licht noch fließendes Wasser gab, aber die Dorfbewohner waren alle sehr hart arbeitende Leute und die meisten von ihnen besaßen ein kleines Stück Land in der Nähe des Dorfes, wo sie bei Regen und Sonnenschein die Erde bearbeiteten, umgruben, säten und das Getreide ernteten.

„Unser eigenes Haus war nur eine geräumige Hütte weit weg von der Hauptstraße und an der Rückseite hatte mein Vater seinen kleinen

Laden. Hierher kamen die Dorfbewohner in Scharen, vom Morgen bis zum Abend, und nicht nur um etwas einzukaufen, sondern auch um ein kleines Pläuschchen abzuhalten oder eine Zigarette zu rauchen", fuhr Dipak fort.

„Als ich fünf Jahre alt war, wurde ich zu einem der Lehrer im Ort geschickt, der einige Unterrichtsstunden für kleine Kinder abhielt. Hier lernte ich lesen, schreiben und rechnen. Wir waren eine glückliche Familie, meine drei Schwestern, meine Eltern und ich. Und obwohl wir nicht reich waren, fehlte es uns niemals am Notwendigsten.

Dann, mit neun Jahren, verließ ich die Schule und half meinem Vater den ganzen Tag über in seinem Geschäft. Er war grundehrlich und hasste jedes zwielichtige Geschäft und war deshalb bei jung und alt gleichermaßen beliebt. Dann kam das elektrische Licht in unser Dorf und damit auch viele Geschäfte und kleine Betriebe. Neue Straßen wurden gebaut und Autos und Lastwägen fuhren den ganzen Tag ins Dorf und wieder hinaus.

Unter den Neuankömmlingen war auch ein Händler aus Kalyan namens Dayaram, der ein großes Geschäft eröffnete, das mit Neonlampen beleuchtet war und glänzende Vitrinen hatte und wo er alle möglichen Arten von verlockenden Waren anbot. Und langsam wanderten unsere Kunden zu Dayarams Geschäft ab, mit dem Ergebnis, dass wir sehr harte Zeiten durchlebten.

Schließlich sagte mir mein Vater, dass ich mir anderswo Arbeit suchen sollte, da er spielend die wenigen Kunden alleine bedienen konnte, die uns noch die Treue gehalten hatten. Dadurch, sagte er, würde die Last auf seinen Schultern leichter werden. Da ich nichts anderes als Kaufmann gelernt hatte, entschloss ich mich, es zuerst bei Dayaram zu versuchen und ihm meine Dienste anzubieten. Der schlaue Mann wusste, dass ich mich in einer Notlage befand und stellte mich um fünf Rupien im Monat an. Und um die Wahrheit zu sagen, ich war für diesen Bettellohn sogar noch dankbar.

Die Tage gingen vorüber und da ich den ganzen Tag dort werkte, kam ich bald dahinter, mit welch miesen Tricks dieser Händler arbeitete, um das meiste Geld für den wenigsten Aufwand einzustreifen.

Zuerst war ich entsetzt und ich erinnere mich daran, wie ich zu meinem alten Herrn ging und ihm davon erzählte, was ich in diesem Geschäft gesehen hatte. Mein armer Vater seufzte und sagte: ‚Ich nehme an, auf diese Weise werden die Menschen eben schnell reich. Aber für Leute wie uns ist Ehrlichkeit immer noch der beste Weg. Also lass dich nicht verderben, gib dein Bestes und tu deine Pflicht.'

Und Dayaram wurde in der ersten Zeit wirklich wohlhabend, denn abgesehen von einer kleinen Anzahl unserer treuen Freunde zogen alle anderen Kunden es vor, bei ihm einzukaufen. Meinen Gehalt jedoch erhöhte er nicht, obwohl ich schließlich schon drei Jahre lang ohne Unterbrechung in seinem Dienst gestanden war.

Und dann verließ ihn sein Glück plötzlich. Es gab mehrere Beschwerden seitens der Kunden was die Qualität der Lebensmittel betraf, die er um einen sehr hohen Preis verkaufte, und schließlich kam einer nach dem anderen wieder zum kleinen Geschäft meines Vaters zurück. Ich musste meine Arbeit aufgeben, um ihm zu helfen, und sehr bald erhielten wir von seiten meiner Schwestern und meiner Mutter ebenfalls Unterstützung.

Die Leute begannen, den Unterschied zwischen meinem armen, aber ehrlichen Vater und dem Händler aus Kalyan zu erkennen.

Ein, zwei Jahre später waren wir in der Lage, unsere Schwestern zu verheiraten. Und schließlich konnten wir sogar Dayarams Geschäft erwerben, als es einige Zeit danach versteigert wurde, und mein Vater machte es mir zum Geschenk.

So wurde ich durch Gottes Gnade Eigentümer eines Geschäftes, wo ich zuvor von morgens bis abends um fünf Rupien im Monat geschuftet hatte. Und alles hatten wir nur der gewissenhaften Ehrlichkeit meines geliebten Vaters zu verdanken.

Heute sind meine drei Schwager Teilhaber unseres Familienunternehmens, in dessen Besitz sich vier große Lebensmittelgeschäfte befinden, abgesehen von jenem im Dorf, wo meine Mutter immer noch lebt und mit der Unterstützung ihres ältesten Enkelsohnes arbeitet. Und ich bin stolz darauf sagen zu können, dass wir uns einen guten Ruf mit unserer Ehrlichkeit und Rechtschaffenheit erworben haben. Ihr seht also, meine lieben Freunde, Ehrlichkeit zahlt sich letzten Endes immer aus.“

Jeder auf seine Art

Topsi und Wopsi waren zwei kleine Eichhörnchen, die sich erst vor kurzem in der Grünwald-Siedlung niedergelassen hatten. Jedes von ihnen hatte sich ein nettes kleines Häuschen gekauft und lebte nun auf seine Art und Weise glücklich dahin.

Als sie ihren Einzug beendet und alles hübsch eingerichtet hatten, beschlossen sie, ihre Nachbarn zu einem Einzugsfest einzuladen, und schickten entsprechende Einladungen aus.

Die Nachbarn nahmen die Einladungen erfreut an, da sie schon sehr neugierig waren und die Neuankömmlinge näher kennenlernen wollten.

Topsi war eine penible Hausfrau und es gab nicht die kleinste Unordnung in ihrem Heim. Jedes kleinste Stück Papier und jede Nadel waren auf ihrem Platz. Sogar der Garten war so ordentlich und sauber, dass sogar die Vögel Angst zu haben schienen, in den Ästen herumzuhüpfen, aus Furcht, sie könnten ein Blättchen oder Zweiglein lostreten, das dann auf den smaragdenen Rasen fallen würde.

Ihre Cousine Wopsi war da ganz anders. Sie war nicht wirklich unordentlich, aber es störte sie auch nicht, wenn einige Dinge hier und dort herumlagen, und die Blätter und Zweige auf ihrem Rasen machten ihr nicht das Geringste aus. Denn sie liebte die Vögel und ermunterte sie, in ihrem Garten zu leben und dort ihre Nester zu bauen.

Schließlich kam der Tag der Einladungen und die beiden Cousinen hatten ausgemacht, dass die Gäste zuerst zu Wopsi gehen sollten, um dort ihren Nachtmittagstee einzunehmen. Später am Abend sollten sie dann bei Topsi zum Cocktail vorbeischauen und Topsi, die nicht mit der Art ihrer Cousine einverstanden war, wollte ihren Gästen dann zeigen, eine wie viel bessere Hausfrau sie doch war.

Die Gäste trafen ein und die gute alte Wopsi begrüßte sie herzlich und bat sie, einfach herumzugehen und sich im Haus umzusehen, während sie den Tee bereitete. Natürlich gab es in dieser kleinen Hütte nicht viel Beachtenswertes zu sehen, denn Wopsi war genau der lockere Typ, der einfach irgendwo Dinge aufliest und dann dafür Verwendung findet.

Nachdem die Gäste alles gesehen hatten,

brachte ihnen Wopsi Tee und Gebäck und bat sie, sich nur eifrig zu bedienen und nicht schüchtern zu sein. Ihre Gäste freuten sich natürlich über diese Aufforderung und mampften und plauderten bald ganz locker und entspannt mit ihrer Gastgeberin, als hätten sie diese schon ein Leben lang gekannt.

Der Nachmittag ging angenehm vorüber und bald war es Zeit für die Gäste, zu Topsis Bleibe hinüberzugehen. Sie betraten das Anwesen mit der angenehmen Erwartung, dort einen netten Abend zu verbringen. Das erste jedoch, was ihnen ins Auge fiel war ein großes Schild, auf dem mit dicken Buchstaben ‚Bitte nicht den Rasen betreten' geschrieben stand. Und ein bisschen weiter hinten, wo so viele hübsche Blumen wuchsen, lasen sie: ‚Bitte nicht die Blumen berühren'.

Das befremdete sie etwas, aber sie glaubten, dass es im Haus selbst dann doch ebenso nett sein würde wie bei Wopsi. Sie sollten sich jedoch täuschen. Denn drinnen wurden sie sehr höflich aufgefordert, ihre Schuhe auszuziehen, bevor sie auf den neuen Teppich traten, und darauf zu achten, dass sie nicht ihren Cocktail verschütteten.

Topsi zeigte ihnen alles in ihrer neuen Wohnung und sie folgten ihr wie eine Prozession von Schulkindern in einer Kunstausstellung. Sie wagten es nicht, irgendetwas zu berühren und fühlten sich überhaupt nicht wohl.

Sie lauschten Topsis Worten höflich und machten selbst kaum den Mund auf. Und als schließlich der Zeitpunkt kam, wieder heimzugehen, verließen sie das Haus mit Erleichterung. Unnötig zu erwähnen, dass keiner von ihnen es jemals wieder gerne betrat.

Bei Wopsi war das etwas ganz anderes. Ihre Freunde gingen in ihrem Haus jederzeit aus und ein, da sie sich dort ganz wie zu Hause fühlten.

Leilas Geschenk

Wann immer die alte Fatima ihre Freunde, die Kadars, auf der anderen Seite der Straße besuchte, brachte sie für die Kinder, die sie von Herzen liebte, eine ganze Reihe von Geschenken mit. Auch an diesem Tag stieg sie wieder schwerfällig, mit ihrer großen Tasche über dem Arm, die dunkle Treppe hinauf und konnte die Kinder schon vor Freude, weil sie ihnen einen Besuch abstattete, schreien und springen hören. Und sie hatte kaum die oberste Treppenstufe erreicht, als die Kleinen sie auch schon umringten und umarmten und riefen: „Liebe Tante Fatima, wie schön, dass du gekommen bist!" Und als sie die Tasche sahen, fragten sie sofort: „Und was hast du uns heute mitgebracht?"

„Geduld, meine Kinder, ist eine Tugend, die ihr junges Volk noch lernen solltet. Denn dann würdet ihr imstande sein zu warten, bis so alte Leute wie ich nach all diesem Treppensteigen wieder zu Atem gekommen sind", mahnte sie lächelnd. Sie betrat das Zimmer, stellte ihre Tasche auf den Tisch und begann sie zu öffnen, während die Kinder einander wegschubsten, um ja recht gut zu sehen, was sie mitgebracht hatte.

Sie zog ein in braunes Papier gewickeltes Päckchen hervor und während sie es Jaffer, dem ältesten Sohn überreichte sagte sie: „Beginnen wir also mit dem Prinzen von Wales in der Familie."

„Und hier ist etwas für dich, mein Sohn", sagte sie, während sie dem nächsten Jungen ein kleines längliches Paket in die Hand drückte.

„Und diese kleine Puppe, die ich selbst gemacht habe, ist für Nilloofer", fügte sie hinzu, und wandte sich an das Mädchen, das an ihrer linken Seite stand.

„Und wo ist das Baby?" fragte sie dann. „Ich habe nämlich auch etwas für es." Sie wickelte eine hübsche kleine Rassel aus, mit einem Clown oben drauf. Die Kinder waren außer sich vor Freude und sie zeigten einander und ihrer Mutter die Geschenke. Die arme Leila jedoch, das kleine Dienstmädchen, das ihnen den Tee hereingebracht hatte, stand in einer Ecke und fühlte sich schrecklich unglücklich. Denn schließlich war sie nur eine Dienerin, und wer sollte ihr schon Geschenke mitbringen?

Fatima war jedoch zu gutherzig, um auf sie zu vergessen. Sie zog schnell einen Strauß hübscher weißer Blumen aus ihrer Tasche, ging zu dem Mädchen und sagte: „Ich habe nicht auf dich vergessen. Diese zarten Blumen sehen aus, als stammten sie aus dem Feenreich, und ich hoffe, dass sie dir Glück bringen."

„Oh, wie aufmerksam und gütig von Ihnen, Madam", sagte Leila. „Sie sind so hübsch und ich werde mich glücklich fühlen, wenn ich sie ansehe." Mit diesen Worten überließ sie das Teetablett ihrer Herrin und eilte in ihr kleines Zimmer unter der Stiege. Sie stellte die Blumen in ein Glas und bald war der ganze Raum von ihrem süßen Duft erfüllt.

Als sie am Abend, nachdem sie ihre Arbeit getan hatte, wieder in ihr Zimmer zurückkehrte, war sie so glücklich, dass sie die Blumen küsste, jede einzelne von ihnen, und sie an ihr Herz drückte, als sie zu Bett ging. In wenigen Augenblicken war sie tief und fest eingeschlafen und träumte einen wunderbaren Traum.

Zuerst hörte sie einen leisen Klingelton und fragte sich, woher dieser wohl kommen mochte, als sie auf die Blumen sah und bemerkte, dass jede der kleinen Blüten so melodiös läutete wie eine Glocke. Und als sie dieser Musik lauschte, sprangen kleine Elfen aus jeder von ihnen. Sie verneigten sich vor Leila und sagten: „Wir sind gekommen, um dich ins Feenland zu bringen, kleines Mädchen."

„Mich ins Feenland zu bringen?" fragte Leila erstaunt. „Aber ich bin doch nur ein einfaches Dienstmädchen. Wie könnt Ihr mich nur dorthin mitnehmen wollen?"

„Folge uns nur, meine Liebe, und du wirst schon sehen", sagte die älteste von ihnen. Sie sprangen alle in die Blumen und Leila fragte sich, wie ein großes Mädchen wie sie in der Lage sein sollte, in eine so kleine Blüte zu kriechen. Als sie jedoch an sich herunter sah bemerkte sie, dass sie ebenso klein geworden war wie die Elfen.

Sie liefen gemeinsam einen langen, grünen Tunnel im Blütenstil hinunter und immer weiter hinunter, bis sie endlich an einen großen Ausgang kamen. Und hier sah Leila einen wunderschönen, mondbeschienenen Garten, in dem alle Arten von Blumen wuchsen. Und in jeder von ihnen lebte eine zarte kleine Elfe. Aber wie groß die Blumen doch aussahen. Und so geräumig!

Die Elfen führten sie herum und zeigten ihr alles, was sie sehen wollte. Und die Wunder in diesem Land schienen kein Ende zu nehmen.

Und als sie schließlich dachte, dass sie lange genug geblieben war, dankte sie den Elfen und sagte, dass sie nun wieder gehen müsse, da ihre Herrin sie sonst schelten würde, wenn sie zu spät käme.

„Wenn das so ist, dann äußere einen Wunsch und dann magst du gerne gehen“, sagte die älteste Elfe.

„Was meint ihr damit, einen Wunsch äußern?“ fragte Leila überrascht. „Soll das heißen, ihr würdet mir etwas schenken, das ich mitnehmen darf?“

„Ja, meine Liebe, genau das meinen wir. Bitte uns um etwas, das du dir mehr wünscht als alles andere.“

Leila war eine lange Zeit still, dann sagte sie: „Was ich mir immer am meisten gewünscht habe, ist Glück zu bringen, wohin auch immer ich gehe.“

„Der Wunsch soll dir gewährt werden“, sagten die Elfen.

Kaum war dieser Satz ausgesprochen, als Leila auch schon in ihrem Bett aufwachte. „Was für ein seltsamer Traum!" sagte sie zu sich selbst. Dann wusch sie sich schnell, zog sich an und ging hinunter, wobei sie erwartete, von ihrer Herrin für ihr verspätetes Kommen gescholten zu werden. Zu ihrer Verwunderung traf sie diese jedoch aus vollem Hals singend an, und sie umarmte das Mädchen, kaum dass es das Zimmer betreten hatte. „Meine liebe Leila, ich bin heute so glücklich und du bist ein Schatz! Versprich mir, dass du uns niemals verlassen wirst", sagte sie.

Bevor Leila ihrer Herrin sagen konnte, dass sie keine Absicht hatte, sie zu verlassen, kamen auch schon die Kinder herein und statt den unfreundlichen Worten, die sie sonst täglich von ihnen hörte, nahmen sie Leila bei der Hand und wirbelten sie lachend und singend herum.

Ihr könnt euch vorstellen, wie glücklich Leila darüber war. Aber das war noch lange nicht alles, sondern erst der Anfang. Denn es war so, wie es ihr die Elfen versprochen hatten: wo immer sie hinkam, brachte sie Glück und Fröhlichkeit mit sich und jeder wollte sie um sich haben.

Als sie am Abend wieder in ihr Zimmer zurückkehrte, dankte sie den Elfen aus tiefstem

Herzen für dieses wundervolle Geschenk, das ihr Leben völlig verändert hatte.

Die Blumen aber, die niemals verwelkten, hütete Leila ihr ganzes Leben lang und es gab für sie keinen einzigen Tag mehr ohne Sonnenschein.

Die Söhne des Bauern

Tulsi und Ramu waren die Söhne eines armen Bauern, der mit seiner Frau den ganzen Tag über schwer auf seinem Feld arbeitete.

Tulsi, der ältere, war ein kluger Junge, wollte jedoch nicht in die Fußstapfen seines Vaters treten, und sehnte sich immer danach, in einer Stadt zu leben und deren vielfältige Vergnügungen zu genießen.

Ramu dagegen liebte es, die Erde zu bebauen und das Korn wachsen zu sehen. „Wie grün sind doch die zarten Schösslinge, die jeden Tag höher und höher werden!" dachte Ramu. Und dann schließlich, krönte sie das reifende, goldene Getreide, das sich in der leichten Brise wie Wellen aus flüssigem Sonnenschein kräuselte.

Er liebte auch seine beiden weißen Ochsen, die den schweren, altmodischen Pflug zogen und ihm halfen, das Land aus der Quelle nahe seiner Hütte zu bewässern. Er war mit seinem Leben voller Arbeit sehr zufrieden und er träumte niemals davon, dies zu ändern.

Eines Tages kam ein reicher Getreidehändler aus der Nachbarstadt Nagpur ins Dorf, um das überschüssige Getreide, das die Bauern zu dieser Zeit verkauften, zu erwerben. Tulsi war so begeistert vom Auto des Händlers, seinen teuren Kleidern und anderen Kostbarkeiten, die der Bauernsohn bisher niemals gesehen hatte, dass er ihm nachlief, wohin er auch immer ging, und dann sogar für ihn den Transport des Getreides organisierte.

Dieser Händler, ein kluger, welterfahrener Mann, der den Eifer des Jungen sah, sagte zu ihm: „Komm einmal zu mir, mein Junge. Wie ist dein Name? Und wo wohnst du?"

„Mein Name ist Tulsi", antwortete der Junge, „und ich wohne in jener Hütte dort, mit meinen Eltern und meinem Bruder."

„Welch eine Schande, wenn ein so kluger Junge wie du seine Begabungen an einem solch armseligen Ort wie hier verschwendet", sagte der Händler. „Wie würde es dir gefallen, mit mir nach Nagpur zu kommen und mir in meinem Geschäft zu helfen?"

Tulsis Augen glänzten vor Freude. War das nicht genau das, was er sich immer erträumt hatte? Und er antwortete sofort: „Ich werde überglücklich sein, Ihnen zu dienen, Herr, aber zuerst muss ich mit meinen Eltern sprechen."

Der Händler bot sofort an, ihn zu begleiten.

Als Tulsis Mutter davon hörte, war sie sehr traurig und begann zu weinen, denn Tulsi war ihr Erstgeborener und sie hatte gehofft, dass, wenn sie und ihr Mann zu alt für die Arbeit wurden, er als der Älteste alles übernehmen und sich um sie kümmern würde.

Tulsis Vater versuchte sie zu trösten und sagte: „Meine liebe Frau, habe ich dir nicht immer und immer wieder gesagt, einfach nur Vertrauen in den Herrn zu haben? Er gab uns diese beiden Söhne und wir können darauf vertrauen, dass Er für sie sorgt. Ich weiß, dass du fürchtest, dein Ältester könnte vom Leben in der Stadt verdorben werden und niemals wieder zurückkehren, um mit uns auf den Feldern zu arbeiten. Wenn dies jedoch der Wille des Herrn ist, so müssen wir uns damit abfinden. Denn wer weiß, ob es nicht das Beste für unseren Sohn ist. Wir haben ihm das Leben geschenkt und ihn aufgezogen, aber sein Schicksal liegt in den Händen des Herrn. Also lass Ihn entscheiden, was für unser Kind das Beste ist. Aus dem, was uns schlecht erscheinen mag, wird sich schließlich etwas Gutes ergeben. Außerdem ist die Erfahrung der beste Lehrmeister. Unser Sohn hat sich so sehr danach gesehnt, in der Stadt zu leben, und wenn wir ihm nicht erlauben, mit unserem Segen zu gehen, dann könnte er eines Tages davon laufen. Und das wäre für uns noch viel schlimmer."

Schließlich wurde beschlossen, dass Tulsi die Ochsenwagen begleiten sollte, die kurz darauf mit dem Getreide nach Nagpur losfuhren, und dem Händler dort dienen sollte.

Der Junge war natürlich sehr glücklich, das er endlich die Chance bekommen hatte, nach der er sich so sehr gesehnt hatte. Seine Eltern und sein Bruder halfen ihm auf fürsorgliche Weise, alles einzupacken, was er wahrscheinlich brauchen würde. Und als er schließlich kam, um Abschied zu nehmen, sagte sein Vater lächelnd: „Ich freue mich für dich, dass der gütige Gott dir diese Chance gegeben hat. Zeige dich seiner Gnade würdig. Diene dem Kaufmann ehrlich und mit ganzem Herzen. Und wenn es deinem neuen Herrn gefallen sollte, dir einige Tage frei zu geben, oder wenn du von der Stadt genug hast, dann erinnere dich daran, dass dir die Türe deines alten Vater immer offen stehen wird."

Tulsi reiste ab und es dauerte einige Zeit, bis

die Eltern und sein Bruder sich an seine Abwesenheit gewöhnt hatten.

Die Tage gingen vorbei, das Getreide wurde gesät und geerntet und niemals kam auch nur die kleinste Nachricht von Tulsi. Als der Kaufmann im folgenden Jahr wieder in die Stadt kam, fragten ihn die Eltern besorgt nach ihrem Sohn. Der Händler jedoch war so zornig, dass er kaum sprechen konnte.

„Ihr habt die Unverfrorenheit, mich nach Eurem Sohn zu fragen?“ knurrte er. „Wisst Ihr denn nicht, dass er einige Säcke Weizen aus meinem Geschäft verkauft hat und mit dem Geld fortgelaufen ist?! Ich hatte ihm vertraut und er hat es mir auf diese Art gedankt! Ich hätte ihm die Polizei auf den Hals schicken und ihn ins Gefängnis werfen lassen können, aber ich dachte an Euch zwei Alten und ließ ihn ungeschoren.“

Die Tränen liefen dem armen Bauern über die Wangen. Sein Sohn ein gemeiner Dieb! Warum hatte der Herr ihn nur so tief fallen lassen? Und seine Frau schalt ihn, weil er nicht auf ihren Rat gehört hatte.

Ramu, der jüngere Sohn, sagte immer und immer wieder, dass er losziehen und seinen

Bruder zu ihnen zurückbringen würde, aber sein Vater wollte das nicht zulassen.

„Unser Tulsi kennt den Weg nach Hause. Er muss von alleine kommen oder gar nicht“, antwortete er.

Das Leben auf dem Hof ging weiter, aber bald darauf wurde die alte Mutter krank und starb und Vater und Sohn blieben alleine zurück und machten weiter, so gut sie konnten.

Ein Jahr zog auf diese Weise ins Land und eines Tages rief der alte Mann seinen Sohn zu sich und drängte ihn, so bald wie möglich zu heiraten, so dass eine Frau im Hause wäre, die sich um alles kümmern würde, während sie das Feld bestellten. Ramu stimmte einer Heirat zu, falls er eine passende Braut finden würde.

Es gab genug junge Mädchen, die bereit waren, ihn zu heiraten, denn er war für seine Ehrlichkeit und seinen Fleiß bekannt. Schließlich kam es zu einer Hochzeit und ein einfaches Mädchen zog in ihr Haus, um die Verantwortung dafür auf ihre Schultern zu nehmen.

Tulsi hatten sie zu diesem Zeitpunkt schon fast vergessen, denn sie hatten sich dem gefügt, was sie als den Willen des Herrn ansahen.

Eines Tages wurde der alte Bauer krank und

wusste, dass er nicht mehr genesen würde. Er rief Ramu zu sich, segnete ihn viele Male und sagte ihm, dass er alle seine irdischen Besitztümer seinem treuen Sohn hinterlassen würde. Und er sprach: „Sollte jedoch jemals dein Bruder zurückkehren, so teile all deinen Besitz mit ihm. Vergesst die Vergangenheit und lebt so zusammen wie früher und ich werde glücklich sein, wo immer ich dann sein werde."

Ramu versprach seinem Vater, alle seine Wünsche zu erfüllen, und der alte Mann starb bald darauf in Frieden.

Die Jahre gingen ins Land und Ramu hatte zwei Söhne, die nun mit ihm auf den Feldern arbeiteten. Jedes Jahr jedoch, wenn das Getreide verkauft wurde, legte er den halben Erlösanteil für seinen abwesenden Bruder zur Seite.

Dann, eines Nachts, als sie nach einem harten Arbeitstag tief und fest schliefen, klopfte jemand an die Türe. Ramu weckte seine Söhne und als sie die Türe öffneten, stand ein Fremder vor ihrem Tor.

„Wer bist du und was willst du?" fragte Ramu den Fremden.

„Ich bin ein Reisender, der sich verirrt hat",

antwortete der Fremde, „und ich wäre dankbar, wenn du mich diese Nacht unter deinem Dach schlafen ließest."

„Natürlich", sagte Ramu. Er befahl seinen Söhnen, den Fremden einzulassen, und weckte seine Frau, damit sie dem Reisenden etwas Warmes zu essen anbot.

Nachdem dieser sich etwas erfrischt hatte und auf einer Matte saß, bevor er schlafen ging, fragte er Ramu: „Sind dies alle Mitglieder deiner Familie?"

„Ja", antwortete Ramu. „Meine Eltern starben vor vielen Jahren. Ich hatte auch einen Bruder, aber der ging mit einem Kaufmann nach Nagpur und kehrte niemals mehr zurück."

„Wahrscheinlich wurde er ein reicher Mann und wollte deshalb nicht mehr in dieses Dorf zurückkommen", sagte der Fremde.

„Das wäre verständlich gewesen, aber wie wir von dem Kaufmann gehört haben, stahl er einige Säcke Weizen und lief mit dem Geld davon."

„Was für eine Schande!" sagte der Fremde. „Ich nehme an, Euer alter Vater hat ihn darauf hin enterbt."

„Aber natürlich nicht. Mein Vater war niemals ein rachsüchtiger Mann. Er überließ ihn dem Willen des Herrn. Und kurz bevor er starb, nahm er mir das Versprechen ab, dass ich meinen Bruder mit offenen Armen empfangen solle, falls er sich entschließen sollte, jemals wieder zurückzukehren", erwiderte Ramu.

„Und würdest du das tun?" fragte der Fremde.

„Selbstverständlich. Und darüber hinaus würde ich ihm auch noch das Geld geben, das ich all die Jahre über von meinem Einkommen für ihn zur Seite gelegt habe."

„Obwohl er ein Dieb war?"

„Ja", antwortete Ramu. „Dieb hin, Dieb her, er ist mein Bruder. Aber weshalb stellst du mir all diese Fragen?"

Der Fremde antwortete nicht, aber über seine Wangen liefen Tränen herab.

„Warum weinst du?" fragte Ramu erstaunt.

„Weil ich dieser unglückliche Bruder bin", antwortete der Fremde und fiel Ramu zu Füßen.

Ramu ließ ihn sofort aufstehen und umarmte ihn. Und die ganze Familie hieß ihn in ihrem Heim willkommen, das jetzt auch wieder das Heim von Tulsi wurde.

Und die beiden Brüder lebten glücklich bis an ihr Lebensende.

Der dankbare Löwe

Der König Ramachandra jagte einmal in einem Wald und wurde dabei für einige Tage vom Rest seiner Jagdgesellschaft getrennt. Da er jedoch ein furchtloser Mann war, ließ er sich davon nicht stören und setzte die Jagd ganz alleine fort.

Als er nach einem erfolgreichen Tag der Jagd nahe bei einem Felsen rastete, vernahm er das verzweifelte Brüllen eines Löwen. Er sprang schnell auf und lief in die Richtung, aus der er das Brüllen von gar nicht weit weg vernahm. Nachdem er ein Dickicht durchquert hatte, fand er einen Löwen, der ganz unten in einer tiefen Grube in der Falle saß. Sein erster Impuls war, das Tier mit einem Pfeil seines mächtigen Bogens zu erlegen und ihn so aus seinem Elend zu erlösen, aber der Löwe sah ihn so flehentlich an, dass er sich dazu entschloss, ihm zur Freiheit zu verhelfen. Vorsichtig stieg er in die Grube und machte sich daran, den König des Waldes zu befreien.

Nach vielen Mühen und harter Arbeit rettete er schließlich das Tier, sah aber, dass eine seiner Pfoten sehr schlimm verletzt war. Und so riss er seinen Turban in Streifen und verband die Pfote so gut er konnte, während der Löwe vor Schmerzen brüllte.

Da der König fürchtete, den Löwen verärgert zu haben, ließ er ihn schließlich liegen und ging davon.

Die Monate gingen ins Land und der König jagte wieder einmal in diesem Wald, als eine Gruppe von Kannibalen plötzlich von hinten auftauchte und ihn niederschlug. Sie fesselten seine Hände und Füße und trugen ihn voller Freude weg. Sie wussten nicht, dass er ein König war, und vermutlich hätte sie dieser Umstand auch gar nicht gestört, da sie nur auf ein gutes Festessen aus waren.

Als sie das Herz des Waldes erreichten, banden sie den König an einen Baumstamm und häuften Äste um ihn herum, um ihn zu braten. Davor jedoch veranstalteten sie ein Fest, tanzten im Kreis herum und sangen vor Freude.

Inmitten all dieser Aufregung jedoch hörten sie einen Löwen brüllen. Sofort ließen sie alles liegen und stehen und rannten um ihr Leben. Und der König war erleichtert, als er den Löwen sah, denn er zog es bei weitem vor, von ihm gefressen zu werden, als bei lebendigem

Leibe gebraten zu werden.

Der Löwe kam vorsichtig näher und beschnüffelte den König, so, als würde er sich an etwas erinnern. Dann befreite er ihn, indem er die Stricke durchbiss, mit denen der König an den Baum gefesselt war. Und schließlich lief er wieder in den Wald davon.

So war eine gute Tat durch eine andere belohnt worden.

Der falsche Pfau

Es war einmal, vor langer, langer Zeit, im Herzen eines Waldes ein prächtiger Palast, in dem lebte eine wunderschöne Prinzessin. Da sie das einzige Kind war, baute ihr Vater diesen Palast ganz alleine für sie, sodass sie leben konnte, so wie es ihr gefiel, und alles hatte, was ihr Herz begehrte. Die Prinzessin wurde davon jedoch in keinster Weise stolz oder selbstsüchtig. Ganz im Gegenteil - sie hatte ein liebevolles und gutes Herz und alle liebten sie.

Um diesen prunkvollen Palast lag ein prächtiger Garten, in dem die Vögel den ganzen Tag über vor Glück sangen. Die glücklichsten von allen aber waren der stolze Pfau und sein Weibchen, die schlankfüßige Pfauenhenne. Die beiden waren die Lieblingsvögel der Prinzessin und lebten daher in großem Stil.

Habt ihr jemals von einem Pfau gehört, der einen kleinen Palast ganz für sich alleine hatte? Oder Diener, die ihm aufwarteten? Nun, genau das alles hatten diese glücklichen Vögel, obwohl ihr Heim nicht aus Marmor und kostbaren Steinen bestand, sondern aus schönen, blühenden Sträuchern und Pflanzen.

Jeden Morgen, nachdem die Prinzessin ihr Bad in dem kühlen und duftenden Brunnen des Palastes genommen hatte, fütterte sie in Begleitung ihrer Zofe ihre geliebten Vögel mit all jenen köstlichen und raffinierten Speisen, die ihr bester Koch für ihre gefiederten Freunde zubereitet hatte.

Da gab es kandierte Rosen, gewürzte Champakblüten und mit Honignüssen gefüllte Tulpen und noch hundert andere Dinge. Ihr könnt Euch denken, dass diese Vögel die besten Dinge aufpickten, die ihnen vorgesetzt wurden.

Nun lebte in einer Ecke dieses Gartens ein Krähenmännchen, das in einem Banyanbaum sein Nest gebaut hatte. Und obwohl es ebenso im Palastgarten wohnte, fiel für es niemals auch nur das kleinste Krümelchen von den täglichen Festessen ab, die dem Pfau und seinem Gefolge zukamen. Wenn es wagte, eine Nuss oder eine Frucht zu stibitzen, so wurde es sofort von den Dienern der Prinzessin verjagt und durfte nicht einmal auf den Ästen in den Nachbarbäumen sitzen bleiben.

Tag für Tag ertrug das arme Krähenmännchen geduldig diese Ungerechtigkeit und wandte alle möglichen Tricks an, um Leckerbissen vom Frühstückstisch der Pfauen zu stehlen, aber vergeblich. Und am Abend war es das gleiche, wenn nicht sogar noch schlimmer. Denn bis dahin hatten die Diener der Prinzessin die besten Früchte, die in dem Garten wuchsen, bereits gepflückt und für es blieb rein gar nichts mehr über.

Das arme Krähenmännchen grübelte lange nach, bis ihm eines Tages eine exzellente Idee kam. Es begann von diesem Tag an die Gärten des Palastes gründlich abzusuchen, und sammelte alle die Federn ein, die der Pfau gelegentlich verlor. Diese bewahrte es dann sorgfältig auf und versteckte sie in einem hohlen Baum vor den anderen Vögeln. Und als es schließlich eine ganze Menge davon gesammelt hatte, stand es eines Morgens ganz zeitig in der Früh auf, badete im Waldbach und flog dann zu dem hohlen Baum. Zuerst holte es alle Federn heraus und steckte sie eine nach der anderen vorsichtig zwischen seine eigenen und als es endlich zufrieden die längsten davon in seinen Schwanzfedern und die anderen überall an seinem Körper verteilt hatte, spazierte es gemächlich zu dem Ort, wo die Prinzessin erwartet wurde. Wäre es geflogen, so hätte er all die Federn wieder verloren und dieses Risiko konnte es nicht eingehen.

Es war immer noch sehr zeitig am Morgen und keiner der anderen Vögel war bisher eingetroffen, aber bald darauf kamen sie an, einer nach dem anderen. Zuerst flog der Sperling heran und kaum hatte er das Krähenmännchen gesehen, flog er zwitschernd davon und rief: „Wo seid ihr denn alle? Kommt und schaut! Ein neuer Vogel ist in unseren Garten gekommen!"

Und schon kamen der Papagei, der Maina, der Koel und all die anderen Vögel aus der gesamten Umgebung herangeflogen und betrachteten das Krähenmännchen mit Ehrfurcht. Der Papagei konnte nichts sehen, weil er seine Brillen daheim vergessen hatte, und so schickte er eiligst seine Frau nach Hause, um sie zu holen.

Als er die Brillen aufgesetzt hatte, betrachtete er prüfend den neuen Vogel, zuerst mit dem rechten Auge, dann mit dem linken und dann sagte er: „Dieser Vogel scheint aus Afrika zu kommen. Er hat jede Menge schwarzer Federn zwischen den blauen, nicht wahr?"

„Ja, du hast recht", stimmte jemand zu. „Er

sieht mir ein bisschen seltsam aus."

Das Krähenmännchen stellte erfreut fest, dass es nicht erkannt worden war, sondern für einen Vogel aus Afrika gehalten wurde. Diese Idee war ihm bisher nicht gekommen und es war dem Papagei dankbar für diese Annahme, die ihm nützlich sein würde, um die schwarzen Federn auf seinem Rücken zu erklären.

Die Pfauenhenne eilte aus ihrem Boudoir heraus, um den Fremden zu begrüßen, denn eitel und kokett wie sie war, wollte sie von allen gerühmt und bewundert werden.

Sie blickte zum Krähenmännchen hinüber, schlug mit den Flügeln und putzte sich. Das Krähenmännchen nahm dies als Kompliment, näherte sich ihr keck, verbeugte sich tief und sprach: „Guten Morgen, Madame, ich hoffe, ich dränge mich nicht auf."

„Aber nein", erwiderte die Henne liebenswürdig, „du bist herzlich willkommen."

„Ist dies der Ort, wo mein edler Cousin, der Pfau, lebt?" fragte es, wobei es vorgab, ein Fremder zu sein.

„Gewiss doch, wenn du damit meinen lieben Gatten meinst", entgegnete die Pfauenhenne. „Aber nimm doch bitte Platz, er war eben noch hier und wird jeden Moment zurückkommen."

Sie befahl den anderen Vögeln, die ihr zu Diensten waren, einen Stuhl aus Ästen für das Krähenmännchen zu holen. Dann wandte sie sich um, unter dem Vorwand, ihr Federntaschentuch zu suchen, und blickte schnell in den spiegelnden Teich neben ihren Füßen, um zu sehen, ob auch jede ihrer Federn am rechten Platz war.

„Man hat mir gesagt, du kämst aus Afrika", sagte sie zu ihrem Gast. „Das muss eine sehr lange und ermüdende Reise gewesen sein."

„Sie war sehr lang und einsam", sprach das Krähenmännchen. „Aber es gelang mir, einen Platz auf einem dieser rauchenden Gebilde zu ergattern, welche die Menschen dazu verwenden, um übers Meer zu fahren."

Es hatte kaum zu Ende gesprochen, als es den Pfau auf sich zukommen sah, gefolgt vom Paradiesvogel und dem Maina.

„Du kommst spät, mein Lieber", sagte die Pfauenhenne. „Dein Cousin wartet auf dich."

Der Pfau war auf das Höchste überrascht, dies zu hören. Umso mehr, als er erfuhr, dass sein Cousin aus Afrika stammte. „Ich dachte, ich wäre der einzige Pfau auf der Welt und nun höre ich, dass dies mein Cousin ist", sprach er zu sich selbst. „Und möglicherweise gibt es noch andere Familienmitglieder. Ich sollte also so tun, als wüsste ich bereits alles über sie."

Und er ging seinem vermeintlichen Verwandten mit offenen Flügeln entgegen und sagte: „Sei uns in unserem bescheidenen Heim willkommen, mein lieber Cousin. Ich hoffe, du wirst während deines Aufenthaltes in unserem Land bei uns wohnen."

„Ich habe zwar schon im ‚Hotel zum Singenden Vogel' gebucht", sagte das Krähenmännchen, „aber wenn du darauf bestehst..."

„Selbstverständlich bestehen wir darauf", sprach die Henne schnell, die ihren neuen Verehrer nicht verlieren wollte. „Unsere gute Prinzessin wird bald mit unserem Frühstück kommen und entzückt sein, dich kennen zu lernen."

Bei der Erwähnung des Frühstücks spitzte das Krähenmännchen die Ohren, denn es war ziemlich hungrig.

„Ich bitte um Ihre Aufmerksamkeit!" rief da der Kakadu. „Die Prinzessin kommt!"

Alle Vögel eilten, um sie zu begrüßen und sangen ihre süßesten Lieder. Das Krähenmännchen folgte ihnen schüchtern nach, denn es war jetzt, wo der große Moment gekommen war, doch ziemlich nervös.

Der Pfau machte eine elegante Verbeugung, der sich alle anderen Vögel anschlossen. Das Krähenmännchen wollte das ebenfalls tun, um auf die Prinzessin einen guten Eindruck zu machen, aber unglücklicherweise fielen ihm dabei einige Federn aus.

„Oh seht!" sagte die Prinzessin zu ihrem Gefolge. „Hier ist ja ein neuer Vogel. Sieht er nicht seltsam aus?"

Der Pfau trat hastig näher und stellte seinen Cousin aus Afrika vor.

„Sieht er nicht komisch aus?" flüsterte der Sperling. „Schaut doch nur wie seine Federn wegstehen."

„Schaut verdächtig aus", sagte die Eule. „Mir will er nicht sonderlich gefallen."

Die Prinzessin bat die Vögel für sie zu tanzen, und sagte: „Vielleicht wird auch dein Cousin aus Afrika zu unserer Unterhaltung beitragen wollen?"

Alle Augen wandten sich dem Krähenmännchen zu, das nun sehr verlegen war.

Der Pfau schlug ein Rad und begann einen

Tango, der nur im Land der Vögel bekannt war, und die Pfauenhenne schlug mit den Flügeln und wiegte sich im Takt.

„Komm nur, Cousin. Sei nicht schüchtern und tanze mit uns", sagte sie zum Krähenmännchen. Und das Ärmste wusste nicht, was es tun sollte und war zutiefst betroffen von der Wendung, welche die Ereignisse genommen hatten. Es streckte zuerst vorsichtig seinen rechten Flügel aus, dann den linken und zur größten Erheiterung der anderen Vögel fielen ihm viele der Federn aus.

„Genau so habe ich mir das vorgestellt", bemerkte die Eule.

„Was hat das zu bedeuten?" fragte die Prinzessin.

„Aber, königliche Hoheit, das scheint eine Krähe zu sein mit den Federn eines Pfauen!"

Dieser Bemerkung folgte jede Menge Aufregung und die Vögel drängten sich alle nach vorne um die Krähe zu sehen, die es geschafft hatte, sich als ein Pfau auszugeben.

„Schlag ein Rad mit deinem Schwanz, mein lieber Cousin", sagte der Pfau, „und beweise ihnen allen, dass du ein richtiger, afrikanischer Pfau bist."

Was sollte das arme Krähenmännchen nur tun?

Als es alle Augen auf sich gerichtet sah, machte es einen heroischen Versuch ein Rad mit seinem Schwanz zu schlagen, doch dabei fielen alle die noch verbliebenen, restlichen Federn aus.

Die anderen Vögel platzten vor Lachen, aber der Pfau war sehr indigniert, weil ein gewöhnliches Krähenmännchen es gewagt hatte, ihn und seine geliebte Prinzessin zu betrügen.

Sie waren alle drauf und dran, über es herzufallen und so lange zu pecken, bis nicht mehr eine einzige Feder auf seinem Körper war, aber glücklicherweise zog die Pfauenhenne die allgemeine Aufmerksamkeit auf sich, indem sie in Ohnmacht fiel, und das arme Krähenmännchen konnte sich in Sicherheit bringen.

Es flog so schnell fort, wie es konnte und versteckte sich in einem großen Wald außerhalb des Palastgartens und kehrte niemals mehr zurück.

Der kluge Juwelier

In der Stadt Lucknow lebte einmal ein kluger Juwelier. Sein Geschäft lag auf der Hauptstraße und zog aufgrund seiner prächtigen Auslagen immer viele Passanten an.

Eines Tages sandte der Fürst die Botschaft, dass er ein schönes Geschenk für seine Gattin erwerben wolle und befahl dem Juwelier, seine schönsten Schmuckstücke zur Begutachtung bereit zu legen.

Als der Tag seines Besuches endlich kam, waren so viele kostbare Steine im Geschäft zur Schau gestellt, dass der Sohn des Juweliers die Augen mit der Hand bedecken musste, weil ihn die glitzernden und schillernden Steine so blendeten. Als der Fürst angekommen war und die üblichen Begrüßungen vorüber waren, öffnete der Juwelier persönlich eine Glasvitrine nach der anderen, sodass sein geschätzter Besucher leichter in der Lage sein würde, sein Geschenk zu wählen.

Da gab es Halsketten mit Perlen in der Größe von Steinen und Diamanten, deren Strahlen es mit Sternen aufnehmen konnten. Rubine gab es in der Farbe des Blutes, und Smaragde, deren

Grün von den hellen Farben des Flusses Indus reichte bis zum tiefen Grün des Waldes an seinen Ufern. Jedes einzelne Juwel war exquisit in Gold gefasst und in einer besonderen Brokatschachtel aufbewahrt.

Der Fürst jedoch schien kaum hinzusehen und machte eher einen gelangweilten denn interessierten Eindruck, und jeder im Geschäft begann zu fürchten, dass der geschätzte Besucher dieses Mal wieder weggehen würde, ohne etwas zu kaufen, und vielleicht in Zukunft das Geschäft wohl nicht mehr mit seinem Wohlwollen beehren würde.

Jeder dachte das - außer dem Juwelier, der das Desinteresse seines Kunden für ganz normal anzusehen schien, und der einfach ohne Pause fortfuhr, die Tugenden seiner verschiedenen Kostbarkeiten anzupreisen.

Und tatsächlich stieß der Fürst schließlich einen Freudenschrei aus. „Ah!“ rief er. „Weshalb hast du das vor mir verborgen? Das ist einfach außergewöhnlich!“

Das Schmuckstück, das er hochhielt, sodass jeder es sehen konnte, war lediglich eine Brosche in Form einer Korallenrose, mit einem Stängel aus Gold, und Blättern, die mit Perlen bestückt waren.

„Eure Hoheit“, sagte der Juwelier und machte eine tiefe Verbeugung, „meiner bescheidenen Meinung nach war diese Brosche, die nicht mehr als einige tausend Rupien kostet, kaum ein passendes Geschenk für jemanden wie Eure hochverehrte Gemahlin. Eure Wahl beweist jedoch wieder, dass mein ehrwürdiger Kunde einen exzellenten Geschmack besitzt und wahre Kunst zu schätzen weiß.“

Also wurde die Brosche gekauft und auf beiden Seiten herrschte große Zufriedenheit.

Als der Fürst wieder gegangen war, sagte der Sohn des Ladenbesitzers zu seinem Vater: „Wenn du doch wusstest, dass die Brosche ein solches Meisterwerk ist, weshalb hast du sie dem Herrn nicht zuerst gezeigt? Er wäre fast wieder gegangen, ohne etwas zu kaufen.“

Der Juwelier lächelte, schüttelte den Kopf und sagte: „Wenn du einen Palast betrittst, siehst du da zuerst den König oder seine Diener? Ist es nicht so, dass wir erst das Einfache schätzen, wenn unser Appetit durch ein Zuviel an guten Dingen gesättigt ist? Sorge dich nicht, mein Sohn. Kein Kunde wird mein Geschäft eher verlassen, bevor er nicht das gefunden hat, was er sucht. Und was die Brosche betrifft, die solch ein Meisterwerk sein soll: jeder einfache Goldschmied hätte etwas Besseres herstellen können. Aber der Geschmack des Kunden muss natürlich immer über alle Maßen gelobt werden. Und dann kann ich einen anständigen Preis dafür verlangen.“

Der Reisende und der törichte König

Es war einmal ein Reisender, der kam in die Stadt Firozabad und fand dort alles in großer Aufregung vor. Als er nach dem Grund für all dieses Treiben fragte, wurde ihm mitgeteilt, dass ein Mann am Marktplatz aufgehängt werden sollte, und der König einen Feiertag hatte ausrufen lassen, sodass sein ganzes Volk diesem Schauspiel beiwohnen konnte. Der Reisende empfand Mitleid für den armen Mann und entschloss sich, ihm, wenn möglich, zu helfen. Also ging er zum Marktplatz, wo der Galgen errichtet worden war.

Kaum hatte er den Ort erreicht, als er auch schon den armen Teufel sah, der bereits auf der Plattform stand. Aber jedes Mal, wenn der Henker die Schlinge um seinen Hals legte, ließ sich diese nicht fest genug zuziehen.

Als die Leute schließlich nicht mehr wussten, was sie tun sollten, entschlossen sie sich - wie es in diesen Tagen üblich war - den König um Rat zu fragen, und ihn um eine Entscheidung in dieser Angelegenheit zu bitten.

Der Henker trat vor den König und sagte: „Eure Majestät, es ist unmöglich, diesen Mann zu hängen, da sein Hals zu dünn für die Schlinge ist, und diese nicht enger zugezogen werden kann."

„Na und?" sagte der König. „Dann findet eben einen anderen Mann, der hinein passt, und henkt ihn statt dessen auf."

Als die Leute dies hörten jubelten sie laut und priesen die große Weisheit ihres Herrschers.

Der Reisende jedoch war schockiert, als er dies hörte, und er beschloss, sich etwas einfallen zu lassen, um einem Unschuldigen den Gang zum Galgen zu ersparen und den König zu strafen.

Schnell ging er zur Köhlerhütte und rieb seinen ganzen Körper mit Asche ein, dann verbarg er sein Haar in einer Mütze, wie die Wandermönche sie tragen, und eilte abermals zum Marktplatz.

In der Zwischenzeit war man daran gegangen, Leute gewaltsam zum Galgen zu schleppen, um zu sehen, ob die Schlinge passte. Als der Reisende hinzukam, rief er laut aus: „Haltet ein, meine Brüder! Diese Schlinge ist deshalb vom Hals des Mannes gerutscht, weil ich letzte Nacht eine Vision hatte. Ich hatte nämlich kaum meine Augen geschlossen, als auch schon der Herr des Universums selbst vor mir erschien und sagte: ‚Morgen sollst du zum Marktplatz gehen und gehängt werden. Dafür werde ich dich zum Herrscher meines himmlischen Reiches machen, denn morgen ist der Tag, der nur einmal in tausend Jahren kommt, und jener, der sein Leben freiwillig gibt, soll mir gleich an Rang sein'."

Als die Leute dies hörten, waren sie sehr aufgeregt und der oberste Berater des Königs, der ebenfalls anwesend war, rief laut: „Wenn es stimmt, was der Wandermönch sagt, dann werde ich heute mein Leben opfern. Denn ich bin ein gebildeter Mann und daher besser in der Lage, im himmlischen Reich zu herrschen."

Es war jedoch auch der Hofgelehrte hier und viele Minister des Hofes. Und sie fingen an, miteinander zu streiten und zu debattieren, wer von ihnen denn würdiger wäre, an diesem Tag den Galgen zu besteigen, und schließlich wurde beschlossen, den König abermals um Rat zu fragen.

So gingen sie also alle gemeinsam zum König

und erzählten ihm alles über die Vision des Wandermönchs.

„Wie könnt ihr es wagen, Euch selbst für so weise und fähig zu halten, wenn ich es doch bin, der auf dem Thron sitzt!“ schrie der König erzürnt. „Ist Euch denn nicht bewusst, welch ein Pack von Narren ihr seid im Vergleich zu mir? Macht Platz! Denn ich bin derjenige, der am würdigsten ist, heute am Galgen zu sterben und Herrscher des himmlischen Königreiches zu werden!“

Und alle, die diese Worte hörten, beugten schweigend ihre Häupter. Denn wer würde es schon wagen, die Weisheit des Königs anzuzweifeln?

Und so geschah es, dass ein törichter König sein Leben verlor und ein unschuldiger Mann vor der Schlinge gerettet wurde.

Auch das wird vorüber gehen

Es war einmal ein junger Mann, der in einer Stadt herumwanderte und dabei zu einer Ölpresse kam. Und er war sehr erstaunt, als er sah, dass statt eines Büffels ein Mann an den Mahlstein gekettet war, und immer und immer wieder im Kreise herum ging.

Er fragte den Mann: „Mein guter Mann, wie lange kannst du das denn machen?"

Und der Mann antwortete: „Keine Sorge, mein Herr, denn auch das wird vorüber gehen."

Und so ging der junge Mann wieder weiter.

Sieben Jahre später kam derselbe Mann wieder in diese Stadt zurück und da er neugierig war, was aus dem armen Teufel geworden war, eilte er zur Ölpresse. Und zu seinem größten Erstaunen fand er dort denselben Mann, der als menschlicher Büffel gedient hatte, als Besitzer der Presse vor, und er saß auf einem hohen Podest, um die Arbeit zu überwachen.

Da er sich freute, ihn so zu sehen, gratulierte der junge Mann dem neuen Eigentümer. Der jedoch sprach: „Ich danke Euch für Eure Freundlichkeit, mein Herr. Aber erinnert Euch, dass auch das vorübergehen wird."

Fünf Jahre später kam derselbe junge Mann, der nun schon in mittleren Jahren war, in dieselbe Stadt und fand dort alles in großer Aufregung vor. Als er fragte, was denn der Grund dafür wäre, hörte er, dass der alte König vor kurzem gestorben war und der neue König, dem Brauch entsprechend, an diesem Tag gewählt werden sollte. Und zwar sollte jener der neue König werden, der vom Reichselefanten ausgewählt und von diesem heiligen Tier mit einer Girlande geschmückt werden würde.

Alle Leute eilten zu einem großen Platz, wo der königliche Elefant vorbereitet wurde, und auch unser Freund ging dorthin. Und als der Elefant endlich losgelassen wurde, jubelten alle laut und sangen Loblieder. Der Elefant ging den Weg entlang, wobei er die Girlande, die er mit seinem Rüssel hielt, hin und her schwenkte, und als er endlich zu dem Platz kam, wo der Eigentümer der Ölpresse stand, warf er ihm ohne zu Zögern die Girlande über den Kopf.

Ein großer Freudenschrei ging durch das Volk und die Trommeln wurden geschlagen, um die Krönung anzukündigen, die am nächsten Tag stattfinden sollte. Jeder eilte nun herbei, um den neuen König zu beglückwünschen, und auch unser Mann ging hin. Als er an seinen alten Freund herantrat, sagte er: „Niemand ist glücklicher als ich es sein kann, Zeuge deines Glücks zu sein. Wenn irgendjemand diese Gnade verdient hat, dann bist du es, mein Freund."

Der neue König umarmte unseren Mann und flüsterte ihm zu: „Und wieder einmal sage ich dir: auch das wird vorüber gehen."

Zehn Jahre gingen ins Land und unser Mann war weder jung noch mittleren Alters. Und wieder kam er eines Tages durch dieselbe Stadt. Und was glaubt ihr wohl, fand er dort vor? Nur einen Haufen Geröll, Steine und aufgeworfene Erde.

Er war bei diesem entsetzlichen Anblick sehr schockiert und fragte einen vorbeiziehenden Hirten, was geschehen sein mochte. Und der Hirte erzählte ihm, dass sieben Jahre davor ein schreckliches Erdbeben gewesen war, das alles im Umkreis von vielen Meilen zerstört hatte. Nicht ein einziges Haus war stehen geblieben und tausende Menschen hatten den Tod gefunden.

Als unser Mann diese Geschichte hörte, erinnerte er sich an die von seinem Freund oftmals wiederholten Worte: „Auch das wird vorüber gehen."

„Tatsächlich", sprach er zu sich selbst, „in dieser sich ständig verändernden Welt scheint wohl niemals etwas gleich zu bleiben, außer dem Schöpfer selbst. Und alles geht im Laufe der Zeit dahin, nachdem sich sein Schicksal erfüllt hat."

Der König und seine Söhne

In einem Reich im Norden der Vindhya-Berge herrschte einmal ein weiser König namens Om Prakash, welcher fünf Söhne hatte.

Als er alt wurde, wollte er die Verantwortung für sein Reich einem Jüngeren überlassen und sich in den Wald zurückziehen, um seine restlichen Tage dort mit Meditation und im Gebet zu verbringen.

Da er aber ein weiser und gerechter Mann war, wollte er sein Reich nicht dem Ältesten übergeben, nur weil dieser zufällig als erster geboren worden war, sondern jenem seiner Söhne, der es am meisten verdiente.

Er wollte sein Königreich aber auch nicht aufteilen, da er befürchtete, dies könnte einmal in späteren Jahren zu Krieg und Auseinandersetzungen führen. Also dachte er sich etwas aus.

Er rief seine Söhne zu sich und sagte zu ihnen: „Meine lieben Kinder, da ich mit jedem Jahr älter und schwächer werde, habe ich mich entschlossen, die Krone an denjenigen von Euch weiterzugeben, der am fähigsten ist, sie zu tragen. Geht in die Welt hinaus und lernt all das, was Eurer Meinung nach ein guter

Herrscher beherrschen sollte. Kehrt am Tag der Frühlingssonnenwende wieder zurück und dann werde ich gemeinsam mit meinem Volk entscheiden, wer von Euch der Würdigste ist."

Der König wusste, dass auf diese Art jeder seiner Söhne sein Bestes geben würde, um der Krone würdig zu sein.

Die Prinzen zogen noch am selben Tag in die Welt hinaus und der König und seine Berater blieben alleine zurück.

Am 21. März, am Tag des Frühlingsbeginns, ließ der König einen Pavillon nahe des Palastes errichten und er lud sein ganzes Volk und seinen Hofstaat ein, Zeuge zu sein für die Tüchtigkeit seiner Söhne, und um ihm bei der Entscheidung zu helfen, welcher von ihnen in Zukunft die Krone tragen sollte.

Und als die Söhne zurückkehrten, waren sie alle glücklich und zuversichtlich, denn sie hatten in diesen Monaten hart gearbeitet und jeder glaubte im Herzen fest daran, dass er der Auserwählte sein würde.

Als alles vorbereitet war, wurden die Priester gebeten, einen Segen zu erteilen, und dann kündigten die Fanfaren den Auftritt des ältesten Sohnes des Herrscherhauses an.

Er verbeugte sich vor seinem ehrwürdigen Vater und sprach: „Meiner Meinung nach muss jener, der es wert ist, an deiner Stelle den Thron zu besteigen, vor allen Dingen ein starker Mann sein, und so habe ich alle die Übungen und die Körperhaltungen des Hatha-Yoga gelernt, und sogar die Beherrschung des Atems. Dadurch habe ich die vollständige Kontrolle über meinen Körper gewonnen und ihn rein und stark werden lassen."

Dann gab der Prinz vor der Versammlung eine Demonstration seiner physischen Stärke und Ausdauer und aus der Menge waren viele Lobesrufe zu hören.

Dann war die Reihe an dem zweiten Sohn, der eifrig vortrat und sagte: „Mein edler König und Vater, Euer demütiger Sohn und Untertan glaubt, dass jener Mann, der wahrhaft würdig ist, das Volk zu regieren, eine hohe Fertigkeit im Gebrauch seines Pfeil und Bogens haben sollte. Ich werde Euch nun zeigen, was ich damit zu tun in der Lage bin und Ihr mögt selbst entscheiden, inwieweit ich Recht habe."

Und dann zeigte er allen Anwesenden, wie weit er schießen konnte, sowohl zu Fuß als auch vom Pferderücken aus, und ungeachtet dessen, ob der Feind von vorne oder von hinten kam. Und auch er erhielt viel Lob und Bewunderung.

Dann wurde der dritte Sohn gerufen, und nachdem er sich mit großem Respekt vor dem alten König und der Königin verbeugt hatte, sprach er: „Meine ehrwürdigen Eltern, Ihr edlen Damen und Herren, die Ihr hier zusammengekommen seid, um unsere Fähigkeiten zu bezeugen, lasst mich Euch sagen, dass meiner Meinung nach jener, der würdig ist, den Thron zu besteigen, ein Meister des Schwertes sein muss, sodass er in Zeiten eines Krieges sein Volk in die Schlacht führen und den Feind in kürzester Zeit besiegen kann." Und er zog sein Schwert heraus, welches er kraftvoll schwang, als er zu Fuß und auf seinem Streitwagen Kämpfe demonstrierte und allen bewies, dass er seine Feinde niedermähen konnte wie Grashalme.

Die Leute waren so beeindruckt von ihm, dass sie ihn sofort zum Sieger erklären wollten. Es waren jedoch noch zwei weitere Prinzen, die begutachtet werden mussten, also hoben sie sich ihr Urteil für später auf.

Und der vierte Sohn sprach: „Meine edlen

Eltern und mein ehrenwertes Volk, da ich ein friedliebender Mensch bin, habe ich all die Künste und jedes Handwerk meines Landes gelernt, sodass ich meinem Land helfen und es unterstützen kann, damit es aufblüht um so den Geist meines Volkes vom Krieg auf ein Leben in Frieden und Wohlstand zu richten."

Und er zeigte den Leuten, was er mit seinen Pinseln und Farben schaffen konnte und er sang einige Verse, die er selbst komponiert hatte. Die Leute waren so begeistert von seinen Fähigkeiten, dass sie sogar die drei Prinzen vergaßen, die vor ihm drangekommen waren, und ihn sofort als ihren zukünftigen König ausgerufen hätten, wäre da nicht noch der fünfte Sohn gewesen. Also mussten sie sich abermals in Geduld fassen.

Und der fünfte Sohn trat vor und sagte: „Obgleich ich in jeder Hinsicht unwürdig bin, so ist es doch meine Pflicht, Euch zu zeigen, was ich gelernt habe. Ich glaube, dass der König nicht nur stark an Geist und Körper sein soll, ein Meister im Gebrauch der Waffen, mutig und furchtlos in den Zeiten des Krieges, sondern er sollte auch in der Lage sein, in Friedenszeiten die Künste und das Handwerk zum Erblühen zu bringen, wie mein edler Bruder Euch schon bewiesen hat. Vor allem aber sollte er sein Volk und sein Land mit Liebe und Weisheit regieren. Er muss fähig sein, Gesetze zu machen, die gerecht sind, und auf den Rat von Leuten zu hören, die erfahrener sind als er, und er sollte eher ein Vater seines Volkes sein als ein König. Er muss auf Arm und Reich achten, auf die Gelehrten und auf die Ungebildeten wie auf seine eigene Familie, und ihnen allen gleichermaßen seine Weisheit und seinen Schutz zukommen lassen. Deshalb habe ich diese Dinge gelernt und muss doch sagen, dass ich noch nicht alles weiß, was es darüber zu lernen gibt. Denn kein Mann wird jemals einen Punkt erreichen, an dem er von sich sagen kann, dass er keines weiteren Wissens mehr bedarf. So werde ich offen bleiben und bestrebt sein, immer noch mehr zu lernen."

Als die Leute dies hörten, erklärte jeder, der anwesend war, dass dieser Sohn der einzig Würdige wäre, die Krone zu tragen, und der König befahl sofort, die Krönung stattfinden zu lassen.

Als dem jungen Prinzen jedoch die Krone

gebracht wurde, weigerte er sich, sie sich auf den Kopf setzen zu lassen, und legte sie statt dessen auf den Thron seines Vaters. Dann rief er nach seinen Brüdern und hieß sie, sich an den Händen zu fassen und einen Kreis um den Thron zu bilden.

Dann sprach er: „Lasst uns gemeinsam herrschen und weise und gemäß unseren Fähigkeiten unserem Volk und unserem Land nur das Beste geben."

Daraufhin brach ein großer Jubel unter den Anwesenden aus, aber am allerglücklichsten war der Köng, der sich tief vor der Allmacht verneigte und ihr für diese glückliche Lösung dankte. Und er segnete seine Söhne und wünschte ihnen alles Glück dieser Welt.

Die Frucht der Unsterblichkeit

Es waren einmal zwei Königreiche, die aneinander angrenzten. Der König des einen Reiches, der Brijpal hieß, war ein selbstsüchtiger, überheblicher und hartherziger Herrscher, der sich nicht um seine Untertanen kümmerte. Der zweite König, der Sukur hieß, war das genaue Gegenteil von ihm. Er war nicht nur freundlich und gut, sondern seinem Volk so zugetan, dass alle seine Untertanen ihn liebten und verehrten.

Im Laufe der Zeit wurde das Volk des selbstsüchtigen Königs Brijpal seiner müde und entschloss sich, eine Abordnung zu König Sukur zu senden, um ihn über diese Plage zu informieren und ihn um seinen Rat zu bitten. Also brach etwa ein Dutzend Bürger an einem günstigen Tag auf. Und als sie in König Sukurs Palast ankamen, wurden sie gebeten, sich auszuruhen und es wurde ihnen vom Besten des Landes serviert.

Am nächsten Tag rief König Sukur sie zu sich und war sehr betrübt, von ihrer Mühsal zu hören und er entschloss sich, seinem Nachbarn eine Lehre zu erteilen. Er befahl den Leuten, wieder in ihr Land zurückzukehren und ein

Treffen zwischen den Wesiren der beiden Reiche zu arrangieren, damit eine Lösung gefunden werden konnte.

Die Bürger taten, wie ihnen geheißen wurde, und am vereinbarten Tag trafen die Wesire einander in einem Pavillon, der für diesen besonderen Zweck errichtet worden war. Nach vielen Überlegungen und Diskussionen entwickelten sie einen Plan. Und als der Wesir von König Brijpal zu dessen Palast zurückkehrte, sprach er seinen König an: „Majestät, bei unserer letzten Konferenz im Palast des König Sukur habe ich vernommen, dass dein Nachbar sich im Besitz einer wunderbaren Frucht befindet, welche ‚Frucht der Unsterblichkeit' genannt wird."

„Tatsächlich!?" sagte Brijpal. "Welche Frucht mag das wohl sein? Und was vermag sie?"

„Diese Frucht, Majestät", antwortete der Wesir, „ist eine Art Apfel, der seinem Besitzer Unsterblichkeit verleiht."

„Wenn dies der Fall ist", entgegnete Brijpal, „dann muss ich diese Frucht so schnell wie möglich in meinen Besitz bekommen. Denn ich bin weitaus würdiger, unsterblich zu sein als mein Nachbar."

Und er schrieb einen langen Brief, in dem er seinem Nachbar, König Sukur, befahl, seinem Boten diese kostbare Frucht auszuhändigen. Er drückte sein königliches Siegel darauf und wählte zwanzig seiner besten Soldaten aus, die den Boten eskortieren sollten. Als die Leute am Hof des Königs ankamen wurden sie - wie es vorausgeplant gewesen war - festgenommen und eingesperrt. Sie wurden nicht schlecht behandelt, erfuhren aber, dass sie erst dann wieder in Freiheit gelangen würden, wenn der Erdhügel vor ihrem Gefängnisfenster völlig verschwunden wäre, und sie sollten Tag und Nacht für dieses Wunder beten, wenn ihnen ihre Freiheit etwas bedeutete.

Also begannen die Gefangenen zu beten. Und als sie vierzig Tage und Nächte gebetet hatten, kam ein großer Sturm, der über die Stadt hinwegfegte, die Gefängnismauern erbeben ließ und den Mörtel in den Gemächern des Königs von der Decke löste.

Jeder glaubte schon, das Ende der Welt wäre gekommen, aber König Sukur blieb von all dem unberührt. Und als sich der Himmel wieder aufgeklärt hatte, und die Gefangenen gespannt aus dem Fenster sahen, fanden sie, dass der große Erdhügel völlig verschwunden war. Sie dankten dem Herren, der ihre Gebete erhört hatte, und waren bald aus ihrer Haft entlassen und auf dem Weg in ihre Heimat.

Bevor sie jedoch aufbrachen, ließ sie der gute König Sukur zu sich rufen und sagte ihnen, dass Brijpal nur auf eine Art die Frucht der Unsterblichkeit erringen könne: und zwar durch das Ändern seines Charakters zum Positiven, sodass sein Volk Tag und Nacht für das ewige Leben ihres Königs beten würde.

„Sagt Eurem König", sprach er, „dass die einzigen kostbaren Früchte in meinem Besitz die Segenswünsche meines Volkes sind. Diese Gebete erhalten mich am Leben so lange mein Volk mich will. Ihr habt selbst erfahren, was Gebete vermögen, und auch mein guter Nachbar kann diese Früchte genießen, wenn er die Bedingungen erfüllt."

Die Soldaten und der Bote kehrten in ihr Land zurück, aber als der König die Botschaft hörte, die sein Nachbar ihm geschickt hatte, wurde er zornig, und er befahl einer großen Streitmacht, sich bereit zu machen, um auszuziehen, und seinem unverschämten Nachbarn eine Lehre zu erteilen.

Doch gerade, als er mit seiner Streitmacht losziehen wollte, wurde ihm die Nachricht überbracht, dass sein einziger Sohn vom Pferd gefallen war und sich schwer verletzt hatte.

Er verschob den Aufbruch und eilte an das Bett seines Sohnes. All die Ärzte und Astrologen vermochten jedoch nicht, ihn zu heilen, und der Zustand des Sohnes verschlechterte sich zusehends.

Schließlich kam ein alter Mann an den Hof, der es unter Einsatz seines Lebens wagte dem König zu sagen, dass er von ganzem Herzen zum Allmächtigen beten und diesen für seine Untaten um Vergebung anflehen sollte, wenn er wollte, dass sein Sohn weiterleben würde.

Und der König war so unglücklich bei dem Gedanken, seinen Sohn zu verlieren, dass er darauf vergaß, zornig zu werden. Und vielleicht zum ersten Mal in seinem Leben kniete er nieder und betete aus ganzem Herzen.

Von diesem Tage an ging es dem Prinzen tatsächlich allmählich besser und Brijpal vergaß niemals mehr die Lehre, die ihm erteilt worden war. Er begann ein neues und gottesfürchtiges Leben, widmete sich seinem Volk und lebte dank der Gebete seiner Untertanen so lange, dass er schließlich den Beinamen ‚Der Unsterbliche' bekam.

Eine Prise Salz

Doshima lebte in der Stadt Sonali, wo sie ein kleines Haus und ein kleines Stückchen Land ihr eigen nannte.

Eines Tages, als sie fortgehen wollte, um etwas Holz für das Feuer zu sammeln, sagte sie im Beisein der ganzen Familie zu ihrer Tochter: „Ich lasse das Linsengericht am Feuer kochen, vergiss nicht, ein bis zwei Prisen Salz hinein zu tun, wenn es fast fertig ist."

Doshimas Ehemann, der in einer Ecke saß, sagte zu sich selbst: „Meine Tochter ist sehr vergesslich, also wird es besser sein, wenn ich das Salz selbst hinein gebe. Sie wird sonst von ihrem Mann gescholten, wenn sie darauf vergisst." Sprach's, stand auf, hob den Deckel vom Topf und sah, dass das Linsengericht kochte, also gab er zwei Prisen Salz hinein und ging fort zu seiner täglichen Arbeit.

Kurz darauf kam die Schwiegertochter herein, die vor dem Haus Wäsche gewaschen hatte. Auch sie hatte die Worte ihrer Schwiegermutter gehört und da sie fürchtete, dass ihre Schwägerin auf das Salz vergessen und die Männer sich weigern würden, das Linsengericht zu essen, hob sie den Deckel vom Topf, gab eine Prise Salz hinein und ging wieder hinaus.

Doshimas Tochter, die bei den Nachbarn gearbeitet hatte, betrat die Küche und erinnerte sich daran, was die Mutter ihr gesagt hatte. Also gab sie zwei Prisen Salz und ein wenig Ghee in den Topf. Dann ging sie zum Fluss, um ein Bad zu nehmen.

Als Doshima zurückkam und sah, dass niemand im Haus war, brummte sie: „Ich habe meiner Tochter doch gesagt, dass sie auf das Linsengericht sehen und Salz hinzugeben sollte, wenn es fast fertig ist. Aber sie hat natürlich darauf vergessen, also gebe ich es besser selbst hinein." Sie tat zwei ordentliche Prisen Salz in den Topf und rührte dann das Linsengericht um, das jetzt fertig war. Daraufhin stellte sie den Topf vom Feuer.

Am Nachmittag kehrten die Männer müde und hungrig zur üblichen Zeit von ihrer Arbeit zurück, wuschen sich schnell und setzten sich an den Tisch.

Doshima servierte ihnen das Linsengericht und einige Brote und sagte zur Familie: „Hätte ich das Salz nicht selbst hinein gegeben - keiner von euch hätte das Linsengericht heute auch nur angerührt."

Alle begannen zu essen, doch einer nach dem anderen begann zu husten und zu spucken.

„Ist das etwa ein Scherz, den du da mit uns treibst, Mutter?" fragte ihr Sohn ärgerlich.

Die arme Doshima konnte nicht verstehen, warum ihre Familie so seltsam reagierte, bis sie selbst von dem Essen kostete. „Ich habe die übliche Menge Salz hineingetan!", rief sie. „Wieso kann es dann so versalzen sein?"

„Aber warum hast du das Salz hineingetan, nachdem du mir angeschafft hast, das zu tun?" fragte die Tochter.

„Weil ich dachte, dass du darauf vergessen und dann von deinem Ehemann gescholten werden würdest", antwortete ihr Vater, „habe ich es selbst hineingetan."

„Ich wusste doch, dass niemand von Euch das Essen anrühren würde, wenn kein Salz drinnen ist", sagte die Schwiegertochter, „also habe ich es selbst gewürzt."

Die arme Doshima war so verdattert, als sie das hörte und sah, dass sämtliche Mitglieder ihrer Familie das Essen stehen ließen, dass sie sich sagte: „Es wäre besser gewesen, ich hätte gewartet, bis das Linsengericht fertig gewesen wäre, und hätte dann selbst das Salz hineingetan, anstatt das Würzen diesen Dummköpfen zu überlassen. Sie haben es verdorben und das ganze Essen muss jetzt weggeworfen werden. Es geschieht mir ganz Recht, da ich nicht vorher daran gedacht hatte."

König Noshirwan Adal

Der große König Noshirwan Adal hielt einmal Hof, als ein Arzt vortrat und sich vor ihm verbeugte. „Herr", sagte er, „ich komme aus dem fernen Land China, und bringe Eurer Majestät drei wertvolle Geschenke."

Der König war erfreut dies zu hören, und wollte wissen, was für Geschenke dies wären.

Daraufhin zog der Arzt drei verzierte Dosen aus der Tasche und legte sie vor den König.

Eine davon war aus Sandelholz, die zweite aus blauem Email und die dritte war mit kostbaren Steinen besetzt.

„Diese hier", sprach der Arzt und öffnete die Sandelholzdose, „enthält eine seltene Salbe, die, wenn man sie auf das Haar aufträgt, es sofort dauerhaft schwarz färbt."

„Und diese hier", fügte er hinzu und zeigte auf die Emaildose, „ist voller Pillen aus Moschus, Silber und anderen besonderen Zutaten. Wenn Ihr diese Pillen zum Essen einnehmt, so könnt Ihr alles verdauen."

„Und was enthält die letzte Dose?" fragte der König.

„Die letzte ist, wie Eure Majestät sehen kann,

die schönste von allen. Sie enthält ein seltenes Parfüm, das, wenn Ihr es verwendet, Euch sofort das Herz jeder Frau in dieser Welt gewinnen lässt."

Der Arzt dachte, dass der König ganz gewiss Gefallen an diesen seltenen Geschenken finden würde. Aber er sollte sich getäuscht haben, denn Noshirwan Adal war sehr ungehalten und er sprach: „Du törichter Mann, wenn du nicht ein Fremder wärst, würde ich dich auf der Stelle köpfen lassen als Strafe für die Beleidigungen, die du mir hier angetan hast."

„Wäre ich ein Schlemmer", fuhr der König fort, „so könnte ich den Umfang meines Körpers vergrößern und vielleicht für eine Weile ein bisschen stärker werden, aber dies geschähe auf Kosten meiner Gesundheit und meiner Intelligenz. Denn kein weiser Mann würde etwas zu sich nehmen wollen, das er ohne die Hilfe von Pillen nicht verdauen kann. Und was diese Farbe betrifft, so mag sie vielleicht mein Haar schwarz färben und mich jünger aussehen lassen, aber ich würde dadurch die Achtung meines Volkes verlieren. Und zu guter Letzt kannst du auch die edelsteinbesetzte Dose wieder mitnehmen. Denn ich habe keinen Wunsch das

Herz einer anderen Frau als meiner eigenen zu besitzen, und habe keine Verwendung für ein solches Parfüm."

Der Arzt war sehr erfreut, diese Worte zu hören, und er verbeugte sich tief vor dem König und sprach: „Eure Majestät hat mir heute bewiesen, dass Ihr wirklich ein großer König seid. Und ich werde mich sehr glücklich schätzen, Euch für den Rest meines Lebens dienen zu dürfen. Ich bin gekommen, um Euch auf die Probe zu stellen und Ihr habt Euch als ein würdiger und großer König erwiesen."

Der Spiegel der Wahrheit

Als einmal ein alter König aus Rajput im Sterben lag, rief er seine drei Söhne zu sich und sprach: „Meine lieben Söhne, ich bin am Ende meines Lebens angelangt und werde morgen früh nicht mehr da sein, um den goldenen Sonnenaufgang noch einmal zu erleben. Bevor ich jedoch scheide, möchte ich jedem von Euch ein Geschenk machen."

„Dir, meinem Ältesten, vermache ich mein Königreich. Herrsche weise und ehrenwert, sodass du, wenn deine Zeit gekommen ist, es deinem Sohn übergeben und in Frieden sterben kannst."

Dann wandte er sich seinem zweiten Sohn zu und sagte: „Ich kenne deine große Liebe zur Jagd, deshalb überlasse ich dir alle meine Pferde und meine Elefanten. Sei gut zu den Tieren und werde nicht durch die Macht, die du über sie besitzt, stolz und überheblich."

Und schließlich rief er den Jüngsten zu sich und sagte: „Und dir, mein Kleiner, gebe ich den Spiegel der Wahrheit." Und er nahm einen kleinen Spiegel aus einer Kassette und überreichte diesen dem jüngsten Prinzen.

Als die beiden älteren Brüder dieses unbedeutende Geschenk sahen, machten sie sich über ihn lustig, aber der Jüngste beugte sein Haupt in Ehrerbietung vor seinem Vater und sagte: „Vater, ich bin zutiefst dankbar für dieses unschätzbare Geschenk und ich werde es in Ehren halten so lange ich lebe."

Der König lächelte, segnete seine Söhne und verschied in der Stille der Nacht, so wie er es vorhergesagt hatte.

Kaum waren die Begräbnisfeierlichkeiten vorüber, als die beiden älteren Brüder den Jüngsten auch schon aus dem Palast jagten. Der arme Prinz ging schweren Herzens fort und nahm nur das Geschenk seines Vaters mit sich.

Er wanderte einsam durch viele Länder und wohin ihn auch seine Schritte lenkten, der Spiegel war bei ihm. Er blickte immer wieder hinein, sah aber nicht sich selbst darin wie in einem gewöhnlichen Spiegel, sondern das Gesicht der Person, an die er gerade dachte. Der Spiegel, der nur die Wahrheit zeigen konnte, entlarvte oftmals einen Freund als Feind und mahnte ihn auf diese Weise zur Vorsicht. Und Leute, die von anderen wegen ihrer Armut oder ihrem Mangel an Bildung verachtet wurden, stellten sich im Spiegel als Personen mit hohen Idealen dar - denn die äußere Erscheinung ist oftmals trügerisch.

Bald verbreitete sich der Ruf seines Spiegels in allen Landen. Der König von Delhi lud den jungen Prinzen zu sich ein, um sein wunderbares Geschenk zu sehen, und er bot sogar jeden Preis, um den Spiegel zu erwerben. Der Prinz jedoch weigerte sich, sich von dem Spiegel zu trennen - erstens, da er ein Geschenk seines geliebten Vaters war, und zweitens, weil der Wunderspiegel im Besitz jedes anderen zu einem ganz gewöhnlichen Spiegel geworden wäre.

Also bat der weise König von Delhi den jungen Prinzen, an seinem Hof zu verweilen, und ihm zu helfen, über sein großes Königreich zu herrschen.

Dem stimmte der Prinz gerne zu und wir alle wissen, wie gerecht und weise der König über das Mogulenreich herrschte, denn er ist als der große Herrscher Akbar bis heute in Erinnerung geblieben.

Und schließlich heiratete der Prinz die Tochter des Königs, die weder eine herausragende Schönheit war noch über besondere Fähigkeiten verfügte, die jedoch im Spiegel der Wahrheit als das lieblichste aller Mädchen erschien. Denn sie hatte ein reines Herz und war in jeder Beziehung ehrlich.

Die Jahre gingen vorbei und eines Tages hörte der Prinz zu seinem größten Schmerz, dass das Königreich seines verstorbenen Vaters durch den Stolz und die Selbstsucht seiner beiden Brüder zugrunde gerichtet worden war, und das Volk darunter leiden musste. Die Leute hatten den Mogulenherrscher eingeladen, das Königreich zu übernehmen und sie von den beiden Tyrannen zu befreien. Akbar sandte eine große Armee aus, die vom jungen Prinzen angeführt wurde, und die seine beiden Brüder mit Leichtigkeit besiegte.

Der Herrscher schenkte das Reich sodann dem jungen Prinzen, der es weise regierte. Er vergab seinen Brüdern und machte sie zu Wesiren und mit Hilfe des Spiegels der Wahrheit kamen alle drei zu Ruhm und Ehre.

Die Goldmünze

Eine lange Prozession von Menschen hatte sich vor dem Thron der göttlichen Inkarnation Sri Krishna versammelt und alle legten ihm ihre Opfergaben zu seinen heiligen Füßen. Denn es war der Geburtstag des inkarnierten Gottes, und die Leute waren von Dwarka, Mathura, Brindavan und vielen anderen Orten gekommen, um an den Festlichkeiten teilzunehmen. Als die Feier vorüber war und alle gegangen waren, öffnete Sri Krishna seine Hand und gab seinem Diener eine goldene Münze, wobei er sagte: „Befestige eine kleine Schlinge an dieser Münze, sodass ich sie an einer Kette um den Hals tragen kann."

Der Diener nahm die Münze und sah sie sich genau an. Und er fand, dass sie aussah, wie jede andere auch. Und davon lagen Hunderte zu Füßen des inkarnierten Gottes. Warum sollte Sri Krishna also ausgerechnet diese eine ausgewählt haben?

„Mein Herr wird einen besonderen Grund haben, gerade diese Münze tragen zu wollen", wagte der Diener zu sagen.

„Du hast Recht", sprach Sri Krishna. „Sie ist

wertvoller als alle anderen zusammen, denn sie wurde mir mit ehrlicher Liebe und Hingabe dargeboten. Der Mann, der sie mir gab, hat mir alles geopfert. Er sparte viele Jahre lang und verzichtete oftmals auf Kleidung und Nahrung. Er bettelte sogar dafür, dass er mir eines Tages diese Gabe würde bringen können. Als er hierher kam und all die Juwelen und Münzen zu meinen Füßen erblickte, fand er nicht mehr den Mut, seine geringe Gabe dort hinzulegen. Also schob er sie heimlich unter meinen Fuß und ging davon. Ich jedoch bemerkte es, und da ich den Mann und seine Ergebenheit zu mir kannte, hob ich die Münze auf und behielt sie bei mir bis alle fort waren. Nun sage mir also, wo sonst sollte ich dieses Geschenk aufbewahren, wenn nicht in der Nähe meines Herzens?"

„Du hast Recht, mein Herr", sagte der Diener. „Gesegnet ist der Mann, der dich so sehr liebt, denn er erhält dafür auch deine Liebe."

Der Schwur des Abu Omar

In der Stadt Ranchi lebte einmal ein mohammedanischer Heiliger namens Abu Omar, der tat den Schwur, dass er niemals eine Bitte zu Allah aussprechen würde, sodass allein der Wille des Herrn immer und jederzeit geschehe. Omar hatte eine Tochter, die hieß Jasmin. Sie war mit einem gelehrten Mann verheiratet und lebte an einem anderen Ort.

Einige Jahre, nachdem Jasmin geheiratet hatte, begann sie an einer geheimnisvollen Krankheit zu leiden. Ihr Ehemann rief alle Ärzte der Stadt, aber keiner konnte herausfinden, was der jungen Frau fehlte. Schließlich sprach er zu ihr: „Ich werde eine besondere Sänfte für dich anfertigen lassen, sodass du bequem reisen kannst. Geh zu deinem Vater und bitte ihn, dich zu heilen. Er ist ein heiliger Mann, und wenn irgendjemand dich wieder gesund machen kann, dann ist er es." Und Jasmin stimmte sofort zu.

Eine Sänfte wurde für sie gebaut und sie begab sich auf die lange Reise.

Zu dieser Zeit gab es noch keine Züge und die Damen der besseren Gesellschaft reisten üblicherweise in Sänften, was wesentlich länger dauerte als zu Pferd oder in einem Ochsenwagen, und so war Jasmin viele Tage unterwegs, bis sie das Haus ihres Vaters erreichte. Und als sie schließlich ankam, erzählte sie dem alten Mann von ihrem Leiden und bat ihn, sie von ihrer Krankheit zu heilen.

Omar hörte sich alles geduldig an und sprach dann zu ihr: „Mein liebes Kind, du weißt sehr gut, dass ich geschworen habe, Allah niemals um etwas zu bitten, sodass es immer Sein Wille sei, der geschehe. Und auch in diesem Fall werde ich nur darum bitten. Und wenn es Sein Wille sein sollte, dass du geheilt wirst, so wirst du zweifellos gesunden. Und wenn nicht, dann überlasse es Ihm, zu entscheiden, was das Beste für dich ist."

Zuerst war Jasmin ein wenig traurig, als sie diese Worte von ihrem Vater hörte, aber je länger sie darüber nachdachte, um so mehr begriff sie, dass er Recht hatte. Und so änderte sie ihre Einstellung und gab sich Allah hin, indem sie sagte: „Lass Deinen Willen geschehen, oh Herr, was auch immer Dein Wille sein mag."

Sie wiederholte diese Worte immer und immer wieder und nach einigen Stunden fand sie, dass ein tiefer Friede in ihr Herz einzog und sie sich glücklicher und stärker fühlte.

Der Schmerz und das Fieber, an denen sie gelitten hatte, wurden schwächer und so setzte sie das Gebet jeden Tag fort, bis sie völlig geheilt war. Sie dankte ihrem Vater von ganzem Herzen dafür, dass er ihr den richtigen Weg gezeigt hatte, und kehrte dann in der Sänfte zu ihrem Mann zurück.

Ihr Ehegatte, dem sie alles erzählte, war so erfreut darüber, dass sie von nun an, wann immer sie Schwierigkeiten hatten, beide aus reinem, ehrlichen Herzen zu Allah beteten, dass Sein Wille geschehen möge, und sie sich dann bald darauf von den Problemen befreit sahen. Und für immer waren sie dem heiligen Omar dankbar dafür, dass er ihnen diesen wunderbaren und wahren Weg zum Glück gewiesen hatte.

Der gläubige Mann von Bhivgadh

Unter den breiten Ästen eines alten Banyan Baumes hielt einmal ein gläubiger Mann eine Predigt für seine Jünger ab, als ein gelehrter Pandit sich zu ihnen gesellte.

Die Stunden vergingen, die Zuhörerschaft wurde immer größer und alle lauschten in entzücktem Schweigen. Als der Pandit dies sah, sprach er zu sich selbst: „Ich bin viel belesener als dieser Mann, und doch hört mir niemand mit solcher Aufmerksamkeit zu. Was hat dieser Mann an sich, dass er so viel Interesse und Respekt bewirkt?"

Der gläubige Mann, der die Gedanken des Pandits lesen konnte, antwortete ihm, indem er folgende Parabel erzählte:

„Meine Brüder", sagte er, „ihr alle seht diese Lampe hier vor Euch. Und wenn ihr sie aufmerksam betrachtet, so seht ihr, dass sich in ihrem Messingbehälter sowohl Öl als auch Wasser befindet. Nun sagt das Wasser zum Öl: ‚Wie kommt es, dass ich, der ich doch so viel reiner bin als du, gezwungen bin, meinen Platz unter dir einzunehmen, während du an der Oberfläche schwimmst?' Und das Öl erwidert: ‚Ich habe alle möglichen Prüfungen über mich ergehen lassen müssen und viel gelitten. Am Anfang war ich eine Saat, die in der Erde begraben wurde. Dann wuchs ich, wurde zu einer Pflanze und schließlich wurde ich geschnitten und gedroschen. Dann wurde ich zur Ölmühle gebracht und zwischen den Mahlsteinen zermalmt. Und am Ende kam ich in der Form von Öl heraus, und als ob dies alles nicht genug gewesen wäre, brenne ich nun in dieser Lampe, um den Raum zu erhellen. Nun sage mir, ob du auch nur halb so viel gelitten hast wie ich und ob ich würdig bin, über dir zu schwimmen oder nicht?'"

Und der Pandit begriff die Bedeutung dieser Parabel und neigte sein Haupt vor dem gläubigen Mann.

Der Mitfühlende

Gautama, der Buddha, kam einmal auf dem Weg zu dem Fluss, wo er sein tägliches Bad nahm, durch einen Wald. Sein Herz war an diesem lieblichen Morgen von Freude erfüllt, als er die Vögel über sich singen hörte und sah, wie die Sonnenstrahlen überall über das grüne Laub tanzten. Das Blau des Himmels, das Wiegen der Blätter in der Brise, der Tau auf den Pflanzen und der Duft der Blumen füllten sein Herz mit grenzenloser Freude.

Plötzlich jedoch ertönte ein durchdringender Schrei und ein Vogel stürzte einige Meter von ihm entfernt zu Boden. Er flatterte herum, in einem hilflosen Versuch, sich wieder in die Lüfte zu erheben, und blieb dann still liegen, mit einem Pfeil in der Brust, der sein Herz durchbohrt hatte.

Der ganze Wald, der bisher von Gesang erfüllt gewesen war, wurde mit einem Mal still und leer, da die Vögel in Scharen aufgestiegen und davongeflogen waren.

Gautama eilte zu dem Vogel. Er hob ihn vorsichtig auf, entfernte den Pfeil, der sein Leben beendet hatte, zerbrach das Werkzeug des

Todes und warf es fort.

Tränen füllten die Augen Buddhas, denn mehr als alles andere war Gautama derjenige, der mitfühlte und mitlitt. Er drückte den immer noch warmen Körper an seine Brust und streichelte die Federn, die im Sonnenlicht wie vielfarbige Juwelen schimmerten.

„Wer kann aus Mutwillen nur ein so schönes Geschöpf vernichten?" sagte er zu sich selbst. „Ach, die menschliche Gedankenlosigkeit, die niemals über den Schmerz und das Leiden nachdenkt, die sie bei anderen auslöst!" Er sah sich nach einem passenden Ort um, um den Vogel zu begraben, als er Schritte hinter sich hörte.

Drei Jäger kamen aus dem Dickicht. Einer von ihnen trug einen großen Bogen und einen Köcher mit Pfeilen, während der zweite eine lange Schleuder und einen Sack voll Steine hatte. In den Händen des dritten Mannes waren noch zwei weitere Vögel, ein Hase und ein Eichhörnchen, die alle von ihnen während der morgendlichen Jagd getötet worden waren.

Bei diesem Anblick begannen die Tränen Buddhas wieder zu fließen, denn er war zutiefst traurig, dass seine Mitmenschen ohne Zögern so viele unschuldige Geschöpfe töteten.

Die Jäger, die ihn nicht erkannten, fühlten sich vom Anblick eines Mönchs in ockerfarbigen Kleidern betroffen, der über den Verlust einiger Waldtiere weinte, wie sie sie jeden Tag töteten.

Dennoch begegneten sie ihm mit Ehrerbietung und baten ihn um seinen Segen.

„Meine Söhne", sprach Buddha, „wisst ihr den nicht, dass es falsch ist, das Leben zu nehmen, das Gott seinen Geschöpfen geschenkt hat? Wir Menschen sind mit überlegener Intelligenz ausgestattet, sodass wir unter anderem in der Lage sind, unsere geringeren Brüder zu schützen und ihnen zu helfen. Aber dadurch, dass ihr diese unschuldigen Wesen getötet habt, seid ihr auf die Stufe der wilden Tiere des Waldes gesunken, die instinktiv töten um zu überleben. Wir Menschen haben jedoch so viele andere Nahrungsmittel, von denen wir uns ernähren können, ebenso wie das Wissen, sie anzubauen und zu verarbeiten, so dass wir nicht diese unschuldigen Geschöpfe töten sollten, die uns kein Leid zugefügt haben."

Die Jäger waren sehr erstaunt, dies zu hören, und fühlten Reue in sich aufsteigen. Noch niemals hatte jemand auf diese Art zu ihnen gesprochen oder ihnen ihren Fehler aufgezeigt und sie belehrt. Bis zu diesem Moment war die Jagd und das Töten ihr tägliches Handwerk gewesen, doch jetzt legten sie ihre Waffen zu Füßen des Buddha nieder und baten ihn um Vergebung. „Wir danken dir von Herzen, Heiliger Mann“, sprachen sie, „und wir versprechen, diesen Beruf aufzugeben und uns einem besseren Leben zuzuwenden, wenn du uns leiten und dabei helfen willst.“

Gautama stimmte erfreut zu und von diesem Tag an wurden die drei Jäger seine Jünger.

Das himmlische Königreich

Von nah und fern kamen die Leute, um ihre Gaben Sri Satyananda, dem großen spirituellen Oberhaupt ihrer Gemeinschaft, zu überbringen und seinen Segen zu erhalten. Viele davon verneigten sich vor ihm und ersuchten um eine besondere Segnung.

Einige baten um Reichtum während andere wieder von einer Krankheit geheilt werden wollten. Manche wollten einen Sohn oder eine Tochter und andere wiederum ein Haus oder eine Frau. Keiner jedoch ging davon, ohne um eine Gunst, welcher Art auch immer, zu bitten. Sri Satyananda war den ganzen Tag über gesessen und seufzte erleichtert auf, als alle gegangen waren und er endlich wieder alleine war.

Aber er war nicht ganz allein. Hinter ihm stand der Junge, der ihm den ganzen Tag über Luft zugefächelt hatte. Er hatte die Anwesenheit des Jungen bis zu diesem Moment nicht bemerkt, sondern erst, als dieser vortrat, um ihm aus seinen Sandalen zu helfen.

„Und du, mein Sohn", fragte der heilige Mann, „gibt es denn nichts, was du für dich selbst willst? Vielleicht willst du ja meine Hilfe, um eine Prüfung zu bestehen?" fuhr er fort. „Oder du wünscht dir eine gute Frau oder du möchtest in deinem Dorf einmal eine bedeutende Persönlichkeit werden? Hm?"

Der Junge schüttelte den Kopf, lächelte und sagte: „Ich wünsche mir nichts dergleichen und auch keine andere Gunst, oh verehrter Meister. Gewähre mir nur die Erlaubnis, dir mein Leben lang dienen zu dürfen, und dadurch werde ich den Zweck meines Daseins erfüllen können."

„Du bist noch so jung und möchtest doch nichts anderes in der Welt?" fragte der Meister.

„Nein, Meister, ganz im Gegenteil. Ich erbitte die größte Gunst von allen, und das ist, mein Leben in deinem Dienst verbringen zu dürfen", antwortete der Junge.

„Möge dir das himmlische Reich zuteil werden, mein Sohn", sprach Satyananda. „Denn nur jene erreichen es, die seiner würdig sind, und die sich über alle irdischen Wünsche und Begierden erheben."

Kaum waren diese Worte ausgesprochen, da fühlte der Junge, wie sich ein tiefer Friede auf ihn herabsenkte, und eine seltsame Seligkeit sein Herz erfüllte. So, als wäre er bereits in den Himmel aufgestiegen.

Der Diener Gottes

Unter der Herrschaft von Saraswatichandra hatte die Körperertüchtigung eine sehr hohe Perfektionsstufe erreicht. Sie war das Hauptfreizeitvergnügen der Prinzen und jedes Jahr wurden viele Wettbewerbe abgehalten, um die Jugend des Landes dazu zu ermutigen, ihre Körper zu perfektionieren.

Jahr für Jahr, wenn das Getreide geerntet worden war und im ganzen Land gefeiert und gejubelt wurde, wurden einige Tage sportlichen Aktivitäten gewidmet, woran sogar die Söhne der Adeligen und des königlichen Hauses teilnahmen. Zu einem dieser Wettbewerbe kam einmal ein sehr durchschnittlich aussehender Mann, der sich selbst Devdas nannte, der ‚Diener Gottes'. Er trug seinen Namen bei allen Wettbewerben ein und bat um die Erlaubnis, bei jedem Wettbewerb immer als Allerletzter antreten zu dürfen. Eine Bitte, die gerne gewährt wurde.

Die Leute, die ihn ansahen, fragten sich, weshalb er überhaupt an den Wettbewerben teilnahm, denn nach seinem Aussehen zu schließen, war er nichts weniger als ein richtiger Athlet. Und sie würden ihn abgelehnt haben, wären da nicht die strikten Anweisungen des Königs gewesen, jedem, der teilnehmen wollte, eine faire Chance zu geben.

Zuerst gab es den Reitwettbewerb. Bei dieser Veranstaltung mussten die Reiter nicht nur ohne Sattel reiten, sondern hatten auch noch die Hände hinter dem Rücken gefesselt. Und außerdem wurden ihnen die Augen verbunden und sie saßen verkehrt auf dem Rücken des Pferdes, mit dem Gesicht zum Schweif. Dies war wirklich ein harter Test, aber sehr nützlich in Zeiten des Krieges, in denen die Gefangenen auf eben diese Art durch die Straßen reiten mussten - und wenn sie es schafften, auf dem Pferd zu bleiben, wurden sie freigelassen.

Nur zweien von den vielen Reitern, die angetreten waren, gelang es, auf dem Rücken ihrer Pferde zu bleiben. Und dann kam Devdas, und die Zuschauer stießen einander an und kicherten, denn noch nie zuvor hatten sie ein unsportlicheres Geschöpf gesehen als ihn.

Devdas jedoch blieb davon unberührt, so als wären die Leute überhaupt nicht vorhanden. Er wirkte mehr wie ein Yogi oder Bhakta (Verehrer Gottes), der in tiefe Meditation versunken war.

Er sprang leichtfüßig auf das Pferd, setzte sich verkehrt hin, ließ sich die Hände fesseln und die Augen verbinden. Und dann war er auch schon mit einem Schnalzen der Peitsche auf dem schnellsten Pferd des Königs unterwegs. Und auf so wunderbare Weise hielt er das Gleichgewicht auf seinem Tier, dass das Gelächter der Leute sich bald in Bewunderung und Lob verwandelte.

Auf dieselbe Art tat er sich bei jeder einzelnen Ausscheidung hervor. Der schwierigste Test jedoch kam beim Bogenschießen, wo er eine kleine Scheibe treffen musste, die hoch oben am Ast eines Baumes hing, der im Wind hin und her schaukelte.

Kein einziger der anderen Schützen konnte das Ziel treffen, obwohl sie es nur um Bruchteile eines Zentimeters zu verfehlen schienen. Devdas jedoch hob bescheiden den Bogen, wie, um ihn dem Göttlichen zu weihen, ließ den Pfeil von der Sehne schnellen und traf genau in die Mitte des Ziels.

Die Leute waren außer sich vor Freude, als sie das sahen und sie trugen Devdas trotz seines heftigen Protestes auf ihren Schultern zum König. Seine Majestät erhob sich, um ihn zu ehren, und verlieh ihm außer vielen anderen Geschenken auch einen besonderen Titel, der ihn als Held Indiens auszeichnete.

„Und nun sage uns, was das Geheimnis deiner erstaunlichen Fähigkeiten ist. Wer ist dein spiritueller Lehrmeister?“ fragte der König schließlich.

Devdas lächelte über diese seltsame Frage. Er verneigte sich demütig vor dem König und sprach: „Herr, mein einziger Lehrmeister ist das Göttliche, das in meinem Herzen wohnt. Und was die Fertigkeiten betrifft, die du bewunderst, so sind es seine und nicht die meinen. Denn ich bin nur sein unvollkommenes Werkzeug.“

„Aber wohnt Es denn nicht in jedem Herzen? Und wenn das so ist, wie kommt es dann, dass es nicht alle Menschen gleichermaßen zu seinem Werkzeug macht?“ fragte der König.

„Das hängt vom Willen der Menschen ab“, antwortete Devdas. „Denn es wird sich niemals jemandem aufdrängen und wird nur jene als seine Werkzeuge akzeptieren, die es wirklich wollen.“

Saraswatichandra war für lange Zeit still. Dann sprach er: „In deinen Worten steckt viel Wahrheit, mein Freund. Es wird mir eine Ehre sein, dich zum Leiter meiner Ausbildungsstätte zu machen, wenn du gewillt bist, dieses Amt anzunehmen. Du hast mir in jeder Hinsicht den wahren Weg zur Vervollkommnung gezeigt und ich möchte, dass du die Jugend in meinem Land lehrst."

„Wie Eure Majestät es wünschen", sprach Devdas bescheiden. „Ich bin nur der Diener Gottes, und ich werde glücklich sein, ihm in jeder Weise, die mir möglich ist, zu dienen."

Ein großer Jubel brach aus, als die Leute diese Worte hörten. Und auf diese Weise wurde Devdas der Führer und Lehrer der Elite des Landes, und die Regierungszeit des Königs ging als die glorreichste in den Annalen der Körperertüchtigung ein.

Das Ende der Reise

„Als ich ein kleiner Junge war“, sagte der Yogi, „besaß ich in jeder Hinsicht die Neugierde eines Kindes. Die Fragen jedoch, die ich meiner Mutter stellte, waren schwer zu beantworten.“

„Was waren das für Fragen?“ ließ sich sein Mitreisender im Zug vernehmen.

„Ach, ich fragte sie, wer wohl die Blumen, die Bäume und den Himmel bemalt haben mochte, wer das Sonnenlicht jeden Abend ausmachte und die Sterne leuchten lässt, und wer den Wind wehen und die Meereswellen an Land donnern lässt.“

„Und was sagte sie Ihnen, mein Herr?“

„Sie sagte nur, dass Gott all dies tun würde. Und daraufhin fragte ich sie, ob sie ihn jemals dabei gesehen hätte. Und als sie dies verneinte, fragte ich ‚Und woher weißt du das dann?‘. Das erbitterte meine arme Mutter schließlich und sie schickte mich jedes Mal hinaus zum Spielen oder sie ließ mich Aufgaben machen und verbot mir, sie mit weiteren dummen Fragen zu quälen.“

„Mein Großvater dagegen war anders. Er schien alle Geduld dieser Welt zu besitzen, wenn er mir die Dinge erklärte. Eines Tages, nachdem ich ihm wieder die vielen, vielen Fragen gestellt hatte, die mich heute zum Lachen bringen, sagte er zu mir: ‚Wenn du wirklich das Göttliche erkennen und sein wunderbares Wirken im Universum begreifen willst, dann solltest du dich unter die Obhut eines spirituellen Lehrmeisters begeben und Yoga lernen'."

„Aber was ist Yoga? Und wo soll ich meinen Meister suchen?" fragte ich.

‚Du wirst ihn finden', antwortete mir mein Großvater ruhig, ‚wenn die Zeit dafür gekommen ist, mein Sohn. Und bis dahin kannst du darum beten, dass er dir bald gesandt wird.'

Also begann ich täglich darum zu beten. In meiner kindlichen Einfalt eilte ich jedes Mal, wenn es klopfte zur Türe, in der Hoffnung, dass Gott mir endlich meinen Meister geschickt hätte, wurde aber immer enttäuscht. Denn jedes Mal stand entweder ein Falkner oder Geldeintreiber vor der Türe oder einer der vielen Freunde meines Vaters."

„Und wann wurden Sie dann ein Künstler, mein Herr?" fragte ein anderer Mitreisender, der von seinen Gemälden gehört hatte.

„Ach, ich könnte nicht das genaue Datum

oder die Zeit sagen - ich bin mehr oder weniger mit dieser Begabung geboren worden. Aber wann immer ich eine Blume oder eine Landschaft gemalt hatte und die Leute meine Malerei bewunderten, hätte ich ihnen sagen mögen, dass mein Bild nichts war im Vergleich mit dem Original, das Gott selbst erschaffen hatte."

„Als ich neun Jahre alt war", fuhr der Yogi fort, „erhielt ich meinen ersten Preis für die Malerei. Und als eine meiner Verwandten mich fragte, wer mich gelehrt hatte, so geschickt mit Farben umzugehen, so antwortete ich sofort: ‚Gott natürlich! Ich versuche immer nur, seine Gemälde nachzumalen'."

„Und was sagte Ihre Verwandte?" fragte der Reisende.

„Sie sah mich ganz seltsam an und begann dann zu lachen. ‚Und woher glaubst du, hat Gott seine Farben?' hielt sie mir dagegen.

‚Vom Regenbogen natürlich', antwortete ich und dies hielt sie davon ab, weitere Fragen zu stellen."

„Als ich die Schule abschloss, war ich sechzehn und begann mich ernsthaft der Malerei zu widmen. Wir reisten in dieser Zeit sehr viel, weil mein Vater zu den verschiedenen Niederlassungen seiner Firma geschickt wurde, um sie zu kontrollieren. Und wo immer er hinreiste, ging ich mit ihm und nahm meine Farben und meine Pinsel mit. Ich malte Tempel und die heiligen Badeplätze, aber nicht, weil ich sie als Vorlage bevorzugt hatte, sondern weil ich niemals aufgehört hatte, nach meinem Meister zu suchen, den ich an einem solchen Ort zu finden hoffte."

„Und hatten Sie schließlich Erfolgt damit?" fragte der Mitreisende.

„Selbstverständlich. Und zwar auf die einfachste Art. Ich hielt mich gerade in Madras auf, als ich eine Gruppe von Leuten traf, die nach Pondicherry reisen wollten. Sie sagten mir, dass sie zu einem besonderen Anlaß dahin wollten, nämlich der Gelegenheit einer persönlichen Begegnung mit einem großen spirituellen Meister namens Sri Aurobindo. Und da läutete eine Glocke in mir. Ich holte mir die Erlaubnis meines Vaters ein und schloss mich dieser Gruppe an.

Ich wusste nicht einmal, dass man eine besondere Genehmigung brauchte, um an dieser persönliche Begegnung mit diesem geistigen Führer teilnehmen zu dürfen. So ging ich also mit den anderen mit und keiner hielt mich auf. Und als ich mich dem Raum, in dem der Meister saß, näherte, fühlte ich mich mit unaussprechlichem Frieden und tiefer Freude erfüllt und mein Herz schien in meiner Brust zu singen. Und als ich schließlich vor dem Meister und seiner spirituellen Weggefährtin, die auch als Inkarnation der Göttlichen Mutter verehrt wurde, stand, war es mir, als hätte ich jedes Gefühl für Raum und Zeit verloren, und ich begann wie ein kleines Kind zu weinen. Ich begriff, dass ich endlich heimgekommen war, und vor dem Meister stand, den mein Herz so lange gesucht hatte. Ich war am Ende meiner Reise angelangt", sagte der Yogi.

„Und sind Sie dann dort geblieben?" fragte der Mitreisende.

„Ja, und ich werde dort bleiben, so lange ich lebe", antwortete der Yogi.

„Und wohin reisen Sie jetzt, mein Herr?" fragte der andere.

„Ich wurde mit einem besonderen Auftrag nach Kalkutta geschickt und ich hoffe, dass ich bald zurückkehren kann." Nach diesen Worten verstummte der Yogi und verfiel in Meditation. Und das ganze Zugabteil schien von einem tiefen Frieden erfüllt zu werden. Er öffnete seine Augen erst wieder, als sie den Bahnhof von Kalkutta erreichten.

Hier gingen die Reisenden ihrer Wege, aber in ihren Herzen und in ihren Gedanken trugen sie alle den süßen Duft einer göttlichen Gegenwart mit sich, die ihnen durch den Kontakt mit dem Yogi vermittelt worden war.

Eine Erinnerung, die sie ihr Leben lang nicht verlassen sollte.

Geschichten aus Indien

Daulat Panday

In diesem Buch finden sich kurze Geschichten, die das Herz des Lesers erfreuen und auch einfache, inspirierende Lebensweisheiten enthalten.

ISBN3-901226-30-3 - Pb. - 159 S.

Ramayana

Eine Nacherzählung

Gitta Haselbacher

Das Ramayana ist eines der ältesten klassischen Epen Indiens. Es handelt vom Lebensweg der göttlichen Inkarnation Rama, der auf beispielgebende und vorbildhafte Weise gegen das Schlechte und Böse kämpft und so symbolisch versinnbildlicht, wie sich der Mensch auf Erden verhalten sollte, der mit der grundlegend gleichen Problematik konfrontiert ist.

ISBN 3-901226-38-9 - Pb. - 184 S.

Mahabharata

Eine Nacherzählung

Gitta Haselbacher

Das Mahabharata ist eines der großen klassischen Epen Indiens. Das Hauptthema ist ein großer Krieg zwischen positiven und negativen Kräften, der die Situation des Menschen in dieser Welt symbolisch widerspiegelt. Wenn in diesem Konflikt der Mensch der göttlichen Führung folgt, dann kann er daraus siegreich hervorgehen und damit würde er seine Hauptaufgabe, die Überwindung der negativen Kräfte, bewältigt haben. Dadurch würde er wieder zu seiner ursprünglichen Göttlichen Natur zurückfinden, welche das wahre Wesen des Menschen ist.

ISBN 3-901226-39-7- Pb. - 164 S.

Eindrücke von einem großen Yogi

Prof. V. Rangarajan

Die schillernde Persönlichkeit des völlig unkonventionellen Meisters Yogi Ramsuratkumar, von dem dieses Buch handelt, fasziniert und erstaunt immer wieder aufs neue. Nur ein armer Bettler oder doch ein spiritueller Gigant? Die Antwort auf diese Frage muss wohl jeder selbst finden - das Buch möchte dafür eine Hilfe sein.

ISBN 3-901226-05-2 - Pb. - 109 S.

Girlande der Weisheit

Swami Nirmalananda

Dieses Vermächtnis von gesammelten Schriften eines indischen Weisen der heutigen Zeit, der die ganze Welt auf seiner Suche bereist hatte, weisen einen Weg zur Wahrheit und Freiheit jenseits von Dogma, Glaubensbekenntnis und Religion.
Sie vermitteln eine universelle Lehre, die durch Einfachheit und Klarheit besticht und die jedes Leben zu bereichern vermag.

ISBN3-901226-07-9 - Pb. - 212 S.

Selbstmeisterung

Swami Paramananda

Wir sind zumeist mehr Sklaven als Meister und werden mehr vom Leben gelebt als es bewusst zu leben. Dieses Buch zeigt Mittel und Wege, wie wir Herrschaft über uns selbst erlangen und dadurch die Macht haben, unser Leben souverän zu meistern.

ISBN 3-901226-08-7 - Pb. - 117 S.

Der Weg zu innerem Frieden

Der Ramana Weg

A. R. Natarajan

Frieden des Geistes ist, was dem heutigen Menschen in unserer aufregenden und unruhigen Welt am meisten fehlt. Denn wahres und dauerhaftes Glück ist nur in einem Zustand innerer Ruhe und Sammlung zu erfahren. Der Ramana-Weg ist der einfachste und direkteste Weg zu diesem Zustand, nach dem sich letztendlich jeder sehnt und den jeder verwirklichen will.

ISBN 3-901226-09-5 - Pb. - 145 S.

Yoga-Training

Das 3-Stufen Programm

Helmut Wagner

Dieses Yoga-Trainingsprogramm in drei aufbauenden Stufen umfasst alle Aspekte des Yoga und ermöglicht ein systematisches, schrittweises Erlernen der Übungen. Es ist für alle geeignet, die ein einfaches Yoga-System suchen, das in der Praxis leicht anwendbar ist.

ISBN 3-901226-13-3 - Pb. - 205 S.

Die Philosophie des Yoga

Swami Krishnananda

Dieses Buch ist ein Grundlagenwerk der Wissenschaft des Yoga. In dieser Form nie zuvor dargeboten, entschlüsselt es die tiefsten Geheimnisse des Lebens und weist den Weg aus der Problematik der Existenz in dieser Welt zu einem transzendenten Bewusstsein, in dem das Leben aus einer neuen Sicht gesehen, gelebt und gemeistert wird.

ISBN 3-901226-06-0 - Pb. - 346 S.

Die Essenz der Yoga Lehre

Yoga Vasishta Sara

In diesen ausgewählten Versen aus einem der grossen klassischen Werke Indiens geht es um die Einheit und den Bewusstseinswandel der vonnöten ist, um diese zu verwirklichen.Dies ist eine Schrift, die die Tore zur höchsten Wahrheit zu öffnen vermag und die den Weg zum grössten Geheimnis des Lebens weist.

ISBN 3-901226-12-5 - Pb. - 112 S.

Der erste Donner

MSI

»Der erste Donner« ist ein kraftvolles Buch, das gerade im richtigen Augenblick erscheint, um die dringenden Fragen unseres Zeitalters zu beantworten. Es erzählt eine mitreissende Geschichte von Entdeckung und Abenteuer, aber es ist auch ein schrittweises Handbuch, das uns aus der Vergangenheit in eine leuchtende Zukunft voll Glück und Wunder führt.

ISBN 3-901226-11-7 - Pb. - 313 S.

»Ein wunderbares Buch für diejenigen, die die Reise auf ihrem spirituellen Pfad gerade antreten, und für fortgeschrittene Schüler - eine erleuchtende Erzählung.«

Luise L. Hay

Inspirierende Geschichten

Mira Alfassa

Diese leicht lesbaren und unterhaltsamen Geschichten aus aller Welt und allen Zeiten beinhalten jeweils eine »Moral«, die uns eine »Lehre« sein kann und die, wenn praktisch angewendet, unser Leben zu bereichern und zu erheben, ja möglicherweise sogar zu verwandeln vermag.

ISBN 3-901226-10-9 - Pb. - 220 S.

Handbuch Positiver Affirmationen

H. H. Warner

Der Mensch ist, was er denkt - als solches ist der bewusste Gedanke für den Menschen ein machtvolles Mittel für ein in jeder Hinsicht positives und erfülltes Leben, das wir uns alle wünschen, aber allzuoft nicht realisieren.Die Positiven Affirmationen in diesem Buch können uns helfen, das zu verwirklichen, was wir für uns und andere ersehnen.

ISBN 3-901226-03-6 - Pb. - 374 S.

Eltern können heilen

Lisa Shalfoun

Es geht in diesem Buch um einfache, äußerst wirksame Energieheilmethoden, die Eltern bei Kindern anwenden können, um ihnen Beschwerden zu erleichtern. Die Botschaft dieses Buches ist, dass jede/r heilen kann und besonders gut Eltern ihre Kinder behandeln können.

ISBN3-901226-31-1 - Pb. - 152 S.

Gesunde Ernährung

Helmut Wagner

In diesem Buch findet sich eine sehr einfache Form von gesunder Ernährung, die durch vegetarische Grundrezepte leicht anwendbar gemacht wird.
Für alle, die sich gesund ernähren möchten, aber nicht aufwändig kochen wollen oder können.

ISBN 3-901226-35-4 -Pb. - 61 S.

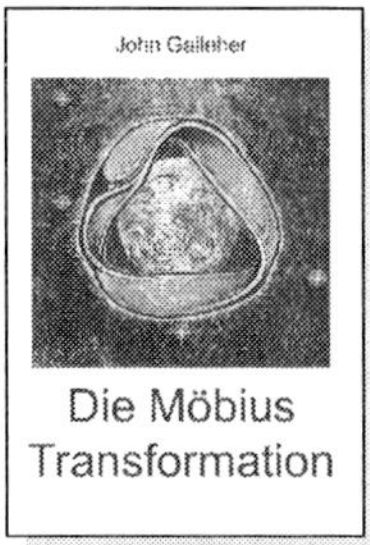

Die Möbius Transformation

John Galleher

Die Möbius Transformation repräsentiert die ganzheitliche Natur der Wirklichkeit - der Wiederentdeckung unserer eigenen wahren Natur.

"Es gibt nur eine Seite ...und wir sind alle auf ihr"

ISBN 3-901226-14-1 - Pb. - 42 S.

Die doppelte Möbiusschleife

John Galleher

Das erworbene Wissen des Menschen schafft seine Weltsicht, jedoch ist es von einem grundlegenden Fehler behaftet: der Abtrennung vom größeren Ganzen. Dieses Buch hingegen weist auf diesen Fehler hin, indem es die wechselseitige Abhängigkeit und die Vernetzung aller Dinge anhand des Beispiels der doppelten Möbiusschleife erklärt.

ISBN3-901226-56-7 - Pb. - 57 S.

Positiv leben

Ein 25 Punkte Programm

H. H. Warner

Das Positive Leben, das in diesem Buch in 25 Punkten dargelegt wird, versucht die Probleme des Lebens durch positive Werte und Einstellungen zu bewältigen.

ISBN 3-901226-02-8 - Pb. - 42 S.

Spirituell leben - Eine Einführung

H. H. Warner

Spirituell leben bedeutet, dass unsere innere wahre Seinsnatur unmittelbar und spontan durch das Medium des äußeren Wesens wirksam werden kann. Dies ist der letztendlich natürliche, der Wahrheit entsprechende Seinszustand, den wir durch unsere spirituelle Entwicklung anstreben und verwirklichen wollen. Diese Seinsweise vermag, wenn von vielen Menschen manifestiert, die Welt und den Menschen positiv zu verwandeln und zu transformieren. Sie könnte die Lösung aller Probleme der Menschheit bewirken.

ISBN3-901226-32-X - Pb. - 136 S.

Die Suche nach dem Sinn

H. H. Warner

Die Suche nach dem Sinn währt seit Menschengedenken. Was ist der Sinn des menschlichen Lebens? Dieses Buch erklärt den Sinn des Lebens als spirituellen Evolutionsprozess, der den Menschen zu seiner Bestimmung führt: der Verwirklichung seines wahren Selbstes und eines supramentalen Bewusstseinszustandes, der der inneren Wahrheit entspringt und sie im äußeren Leben zu verwirklichen vermag.

ISBN 3-901226-33-8 - Pb. - 87 S.

Die Integrale Integration

H. H. Warner

Die Integrale Integration ist die Rückführung des Menschen in den ursprünglichen Zustand der Ganzheit, der Einheit und der Perfektion, in welchem der Mensch vollständig in der Wahrheit und aus ihr heraus lebt. Es ist dies die Verwirklichung des höchsten Potentials der menschlichen Existenz und deren Vervollkommnung im Absoluten Sein.

ISBN 3-901226-34-6 - Pb. - 119 S.

Strahlen des Lichts

Sri Aurobindo / Die Mutter

Diese lichtvolle Auswahl von Gedanken der Begründer des »Integralen Yoga«, Sri Aurobindo und »Der Mutter«, sind wertvolle Begleiter auf dem Lebensweg im allgemeinen und im besonderen für den Weg des »Integralen Yoga«, des ganzheitlichen Weges zum supramentalen Wahrheitsbewusstsein.

ISBN 3-901226-36-2 - Pb. - 272 S.

Inspirierende Gedanken

H. H. Warner

Gedanken, die einer höheren Inspiration entspringen, erheben unseren Geist und daher können inspirierende Gedanken, wie sie in diesem Buch vermittelt werden, unser Leben nachhaltig verändern und positiv beeinflussen.

ISBN 3-901226-37-0 - Pb. - 271 S.

Gedanken zur Kontemplation

Swami Sivananda

Diese Weisheits-Gedanken des indischen Weisen, Heiligen und Yogi Swami Sivananda sind von unschätzbarem Wert, wenn man sie sich durch Verinnerlichung zu eigen macht. Sie werden so wertvolle Anregungen zur Neuorientierung und Wegweiser auf dem Lebensweg, der uns letztendlich zur Erfüllung und Vollendung führen soll.

ISBN 3-901226-01-X - Pb. - 164 S.

Perlen der Wahrheit

Yogi Bhajan

Seit zwanzig Jahren unterrichtet Yogi Bhajan in den Ländern der westlichen Welt spirituelle Weisheiten, die in dieser Form einzig sind. Seine Lehren über Ernährung, über die Rolle von Mann und Frau, über die Ehe, über Heilen und vor allem über den Sinn unserer Existenz hier auf der Erde haben unzähligen Menschen die Augen geöffnet.

ISBN 3-901226-04-4 -Pb. - 118 S.

YANTRA MINI-BUCH REIHE:

Die Kraft des positiven Denkens

H. H. Warner

Bewusstes »Positives Denken« und die Anwendung von »Positiven Affirmationen« sind die wirksamsten und einfachsten Mittel um unser Leben positiv zu gestalten. Diese kurze Anleitung gibt eine Einführung dazu und einige allgemeine und spezielle Affirmationen für die Praxis des »Positiven Denkens«.

ISBN 3-901226-54-0 - Pb. - 22 S.

Der Yoga-Weg der Selbsterkenntnis

Yajneesh

Yoga-Übung ist die Vorbereitung auf eine totale Umpolung des Bewusstseins. War vordem die physische Welt die einzige solide Realität, so ist danach das Eine Sein - Brahman, die allumfassende Göttliche Realität - die vorherrschende Wirklichkeit.

ISBN 3-901226-73-7 - Pb. - 28 S.

Das Rätsel dieser Welt
Sri Aurobindo

Die Welt ist uns oft ein Rätsel. Sri Aurobindo erklärt dieses Rätsel, indem er uns Sinn und Zweck des Daseins enthüllt.

ISBN 3-901226-53-2 - Pb. - 15 S.

Dasein und Bestimmung
H. H. Warner

Was ist die Bestimmung des menschlichen Lebens? In kurzen Worten wird hier der Sinn des Lebens als spirituelle Evolution dargelegt.

ISBN 3-901226-52-4 - Pb. - 38 S.

Positive Affirmationen für Liebe und Erfolg
H. H. Warner

Eine spezielle Sammlung von Positiven Affirmationen für die Bereiche Liebe und Erfolg.

ISBN 3-901226-46-4 - Pb- 33 S.

Gott, Welt und Mensch
H. H. Warner

Einige tiefgehende Gedanken über die Lebenssituation des Menschen.

ISBN 3-901226-44-3 - Pb. - 34 S.

Inspirierende Gedanken für ein positives Leben
H. H. Warner

Gedanken die viele Lebensbereiche betreffen und die ein erklärendes Licht auf Aspekte derselben werfen.

ISBN 3-901226-45-1 - Pb. - 23 S.

Was ist Meditation? - Yajneesh

Eine kurze Definition des meditativen Zustandes.

ISBN 3-901226-41-9 - Pb. - 18 S.

Yoga Atemübungen Pranayama - Neel Kanth

Atem ist Leben. Die Yogis wussten das schon seit Jahrtausenden. Ihr Wissen und einige ihrer Übungen befinden sich in diesem Heft.

ISBN 3-901226-55-9 - Pb. - 12 S.

Was ist Yoga? - Neel Kanth

Eine kleine Einführung in die Grundprinzipien der Yoga-Lehre.

ISBN 3-901226-43-5 - Pb. - 16 S.

Spirituelle Gedanken - H. H. Warner

Kurze Gedanken, die wesentliche Bereiche des spirituellen Lebens betreffen.

ISBN 3-901226-42-7 - Pb. - 17 S.

Weisheiten als Lebenshilfe - H. H. Warner

Weisheiten sind die beste Art von Lebenshilfe. Dieses Büchlein bietet eine Auswahl davon zu verschiedenen Lebens-Themen für diesen Zweck an.

ISBN 3-901226-51-6 - Pb.